公主傳奇之21

別問我是誰

馬翠蘿 著　靛 圖

新雅文化事業有限公司

www.sunya.com.hk

公主傳奇

別問我是誰

作　　者：馬翠蘿
繪　　畫：靛
策　　劃：甄艷慈
責任編輯：周詩韵
美術設計：李成宇
出　　版：新雅文化事業有限公司
香港英皇道499號北角工業大廈18樓
電話：(852) 2138 7998
傳真：(852) 2597 4003
網址：http://www.sunya.com.hk
電郵：marketing@sunya.com.hk
發　　行：香港聯合書刊物流有限公司
香港新界大埔汀麗路36號中華商務印刷大廈3字樓
電話：(852) 2150 2100
傳真：(852) 2407 3062
電郵：info@suplogistics.com.hk
印　　刷：中華商務彩色印刷有限公司
香港新界大埔汀麗路36號
版　　次：二〇一七年七月初版

ISBN：978-962-08-6855-9

18/F, North Point Industrial Building, 499 King's Road, Hong Kong
Published and printed in Hong Kong

目錄

寫在《公主傳奇》十周年之際

不知不覺，美麗聰明的公主馬小嵐已和我們一起走過了十年時光。

最初央求我給他們寫有關「現代公主故事」的小朋友，已成了中學生、大學生，從兒童長成了少年、青年。令我感動的是，他們中間很多人仍在關注《公主傳奇系列》，仍在追看馬小嵐的故事。每年的香港書展，這些讀者大多都會前來簽售現場，買一本新出的《公主傳奇》，重溫一下當年初識馬小嵐的喜悅心情，和作者分享一下對馬小嵐的期盼和小小願望。

記得早前北京某報記者採訪時問道，究竟是什麼原因，讓我這樣一個白天上班編撰教科書、晚上燈下碼字寫小說的業餘作者，能把一個系列堅持了十年，寫出二十多本小說，至今仍筆耕不輟文思不斷？記得我只回答了一句話：是讀者給我力量和堅持。

正是你們的喜愛和支持，讓我寫下了二十多本小說、二十多個馬小嵐的傳奇故事，塑造出一個美麗、善良、勇敢、睿智，遇強越強，充滿正能量，天下事難不倒的完美女孩馬小嵐。

謝謝從小追書到現在的、已經長成青春美少女的詠宜珺宜，謝謝紫妍、亭茵等小讀者，和你們時不時的小互動，給了我寫作的動力和靈感來源；謝謝內地「智慧公主馬小嵐來了」ＱＱ羣的小管理員，感謝你們在每日緊張學習之餘，還認真負責地管理着擁有數千名成員的羣組。

在這《公主傳奇系列》十周年之際，僅借此序，感謝新雅文化事業有限公司的多年支持，讓《公主傳奇系列》從無到有，一步步邁入暢銷書行列，取得可喜成績；謝謝不遺餘力推廣《智慧公主馬小嵐》（《公主傳奇》內地版系列名）系列的北京化工出版社少兒部，讓馬小嵐的故事走出香港，走向中國內地，為更多的小讀者所認識、所喜愛，短短兩三年便創下銷售近百萬冊的佳績。

去學校或圖書館做講座，或在ＱＱ羣和小讀者作互動時，小朋友問我最多的問題是《公主傳奇》會寫多少集，希望我不要停，寫多點；去年世界郵政日有名小學生寫信給我，說很喜歡看《公主傳奇系列》，希望我能寫足一百本才停。純樸的童言童語令我感動，能得到小讀者如此厚愛，怎不竭盡全力？所以特在這裏作一個統一回覆：親愛的讀者們，只要你們喜歡，我會把馬小嵐的故事一直寫下去。

第 1 章　馬小嵐變成程小楠

一陣刺痛讓小嵐從昏迷中醒了過來。她呻吟了一聲，睜開眼睛，看見一名身穿護士制服的女孩子正彎着腰，把一枚打吊針用的針頭刺進她的手背。

「醒啦！」小護士眼裏露出驚喜的光，一邊熟練地安置好吊針瓶子，又把細細的膠管子捋了捋，讓藥水順暢地流下來，「你好，我是徐文婷護士。剛從護士學校畢業，你是我的第一個病人。」

小嵐眨了眨眼睛，不明白自己為什麼躺在醫院裏。

「你已經昏迷三天了。這麼漂亮的小姑娘，我真怕你就這麼一直睡下去，成了植物人呢！」小護士顯然是個很喜歡說話的人，她給小嵐掖了掖被子，說，「閉上眼睛先休息一下，我去請醫生來。」

小嵐很想拉住小護士問問發生了什麼事，但喉嚨乾涸得說不出話，只好眼睜睜地看着她走出去了。

很快就聽到一陣紛沓的腳步聲，房門被推開了，走進來四個人，除了之前的徐護士外，還有三名醫生，一名老的，兩名年青的。

老醫生上前，拿出聽筒給小嵐聽了一會兒心音，

又用小電筒照了照小嵐的眼瞳，然後拿出一張腦電圖照片，放進顯示燈箱裏看了一會兒，對兩名年輕醫生說：「病人腦裏的瘀血已消去大部分，應問題不大了。」

老醫生在病案上寫了些什麼，又撩起小嵐的被子，看了看她的腳，說：「扭傷的腳踝已開始消腫，可以試着下地走走。小徐，你拿一副枴杖來，讓她拄着走路。」

老醫生說完，又往病案上寫了些什麼，然後拍拍小嵐的肩膀，說：「小姑娘，再住幾天院，如病情沒出現反復，就可以回家休養了。」

老醫生說完走出了病房，那兩名年青醫生和徐護士也跟着離開了。

小嵐從頭到尾都沒說話，只是怔怔地看着那幾個人，腦子裏像一團漿糊。醫生離開後，她靜靜地回憶着之前發生的事——

和曉晴曉星一起把垂危的萬卡哥哥送到五十年後，誤入另一個宇宙的蘋果星球；經歷千辛萬苦治好了萬卡哥哥的病；把蘋果星球從機械人的手中拯救了出來；被選為蘋果星球榮譽公民；四個人一起離開蘋果星球，讓時空器把他們送回五十年前……

難道自己是落地時受了傷，被送到醫院了？那其他人呢？他們情況又怎樣？

小嵐突然擔心起來，他們不會有事吧？

正在這時，門被推開了，徐護士一手拿着副拐杖，一手托着個盤子走了進來。見小嵐看着她，便親切地笑笑，說：「起來吃點東西。你現在還不能正常飲食，先吃點粥吧！」

小嵐沒顧上吃，一把抓住徐護士的衣服，說：「姐姐，和我一起的人呢？他們怎樣了？」

徐護士把拐杖放在屋角，然後把盤子裏的一碗粥放到牀頭櫃上，說：「一起的人？哦，你是說跟你一起送來的那個小姑娘是吧！她受傷比你輕，只是有點輕微腦震蕩，手腳有些擦傷。她現在住在五樓病房。」

小姑娘？小嵐馬上想到曉晴。聽到她沒什麼要緊，放了心。她又問：「那另外兩個男孩子呢？」

徐護士一邊把病牀搖了起來，讓小嵐靠着坐，聽到小嵐問，眨了眨眼睛，說：「我不知道你說的是誰，反正是一幫人鬧哄哄地把你們兩個受傷的女孩送來的。」

「除了我們兩個女孩，沒有其他人受傷，是不是？」小嵐高興地問，想證實一下萬卡和曉星是否安好。

「是呀，就你們兩個受傷。」徐護士把擱在牀尾的那張活動桌子拉到小嵐面前，又把粥放在上面，「吃吧，溫度剛好，不會燙嘴。」

小嵐聽到其他人沒事，心裏放寬了，這時才覺得肚子餓，心想吃點東西再打聽其他事。

見到小嵐乖乖地喝着粥，徐護士滿意地點了點頭，又八卦地湊過去問：「哎，小楠你有男朋友嗎？我看你長得蠻漂亮可愛的，應該追你的人排了幾條街吧！但為什麼三天了，卻一直沒見到有男孩子來看你呢？嗯，不但男孩子沒有，女孩子也沒有。按道理，你人緣不會那麼差啊！」

小嵐拿着勺子的手頓了頓，抬頭看着徐護士，一臉的訝異：「你是說，我昏迷了三天，也沒有人來看過？」

「是呀！」徐護士同情地看了小嵐一眼。

「那送我來的人呢？是誰把我送進來的？」

徐護士說：「送你來的人？應該是電視台的人吧！」

「電視台？!」小嵐愣了愣，放下勺子，問道，「為什麼是電視台的人送我來？我跟電視台有什麼關係？」

「啊，你、你該不會是失憶了吧？你跟電視台有什麼關係？當然有關係呀！你是電視台的藝人，你受傷，就是因為拍戲時，從樓梯上滾了下去。」

「什麼，我是電視台的藝人？我是拍戲時受的傷？」小嵐呆住了。

太荒謬了！自己什麼時候成了電視台的藝人？

「天哪，看來你問題還蠻嚴重的，得把這情況告訴胡醫生。」徐護士急急忙忙地走出去了。

小嵐腦子裏亂糟糟的，發生什麼事了，為什麼自己成了拍戲的藝人，我是誰？我還是小嵐嗎？

小嵐急忙拿起掛在牀邊的病案，一看上面的名字，赫然寫着「程小楠」三個字，不禁大吃一驚。

不會吧，開什麼宇宙大玩笑呀，自己竟然身分變了，名字也變了。還不知道這是哪裏，是什麼年代，是回了五十年前，還是仍在五十年後？是回到了烏莎努爾，還是仍在異時空？

還有，萬卡哥哥他們在哪裏？跟自己一塊被送進來的女孩是曉晴，還是別的什麼人？

小嵐只覺得腦袋要炸開了，她掀起被子就要下牀，她要去五樓找找那個女孩，看看是不是曉晴。

這時房門一開，徐護士領着之前來過的老醫生進來了。一見小嵐要下牀，徐護士就上去阻止：「躺下躺下，讓胡醫生再替你瞧瞧。」

小嵐只好躺下了，胡醫生又給小嵐作了一番檢查，說：「情況還是跟剛才檢查的一樣，沒發現什麼特別的問題。大腦受傷，重者會成為植物人，輕者也會引起反應遲鈍、短暫失憶等症狀。她忘了以前的事，也不奇怪。」

徐護士有點為漂亮小姑娘擔憂：「那她什麼時候才會恢復記憶呀？」

胡醫生推了推鼻梁上的眼鏡，說：「樂觀估計會是三到五個月。到時候如果還是沒有好轉，可以再做一次詳細檢查。畢竟腦部是一個非常敏感的部位，有些損傷儀器未必都能檢查到。」

「真可憐！」徐護士看着小嵐，歎了口氣。

第2章　為別人的錯誤「埋單」

胡醫生一走，小嵐就抓住徐護士的手，說：「徐姐姐，能留下陪陪我嗎？」

徐護士憐憫地看着小嵐，用另一隻手拍拍她的手背，說：「能，當然能，我陪你。」

她以為小嵐擔心自己身體，便在牀邊的椅子上坐下，安慰說：「小楠，別擔心，剛才胡醫生不是說，三到五個月就能好轉嗎？沒事的。」

其實小嵐根本不是擔心這點，她知道自己身體沒事，但她不能跟徐護士說。有誰會相信這樣荒謬的事呢？一個人竟然變成了另一個人，另一種身分。她只能讓徐護士誤會下去，自己繼續扮失憶了。

小嵐希望從徐護士那裏得到更多訊息：「徐姐姐，你能不能告訴我，現在是哪一年，這裏是哪個國家？」

「啊！」徐護士嘴巴張成了O型，好久才說出話來，「小楠，你失憶好嚴重啊，連這些都不記得！現在是新葉年，我們的國家叫做綠桉共和國。這裏是共和國的首都千柏城。」

「新葉年？綠桉共和國？千柏城？」這是什麼年

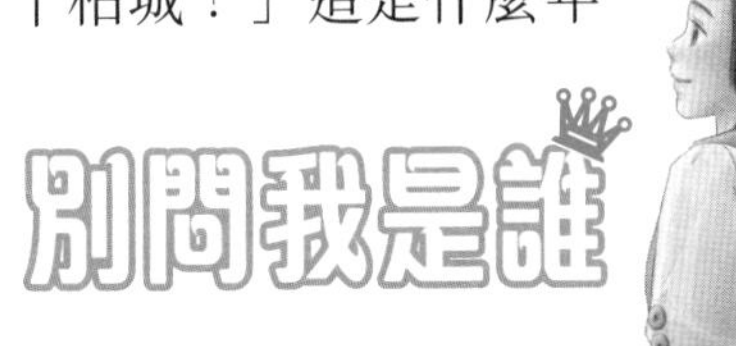

代，什麼國家呀？小嵐簡直要瘋了。

徐護士興奮地說：「是不是覺得自己國家很厲害呢？名字多好聽啊！新葉、綠桉、柏樹，讓人想起美麗的大自然，好美好美！」

「唔，哦……」小嵐不知怎樣回答。

一定是又到了一個異時空的國家！小嵐幾乎可以肯定了。於是她又問：「徐姐姐，我們國家是在什麼星球的？」

「在荔枝星球呀！」

「唉……」小嵐不由得暗暗歎氣，果然不出所料，自己仍然身處異時空。

之前跟蘋果星總統的女兒圓圓聊天時，就聽圓圓提到過，她們那個宇宙空間有個星球叫「荔枝」。

看來啟動時空器後，因為沒能設定目的地，他們沒有回到烏莎努爾，而是來到了跟蘋果星同一宇宙空間的荔枝星球。

都是曉星烏鴉嘴惹的禍！

小嵐心裏焦急，便問：「徐姐姐，你聽過萬卡和曉晴，還有曉星這幾個人的名字嗎？」

「萬卡？曉晴？曉星？」徐護士想了想，搖搖頭，「沒有，沒聽過。」

小嵐的心一沉，心想糟了，來到陌生的地方不要緊，只要和朋友們在一起，就什麼都不怕。可現在，他們三個人卻不見了，不知道時空器把他們帶到了哪裏。

怎麼辦呢！小嵐苦惱地把被子蒙在頭上。

「別想那麼多了，會好起來的！」徐護士隔着被子拍拍小嵐，說，「好好休息，我先去看看其他幾個病人，完了回來幫你練習使用拐杖。有事按牀頭的呼叫鈴，我會馬上來的。」

聽到徐護士的腳步聲遠去，小嵐把被子掀開，坐了起來。她活動了一下身體，伸了伸四肢，見沒什麼問題，就想下地。可是，左腳一沾地面，就覺得一陣痛楚，她趕緊又抬起腳。

看了看腳踝，腫着，還有一大片青紫，怪不得這麼痛。小嵐右腳單腳站了起來，又伸手抓住了牆角的那副拐杖，撐在左邊腋下，用右腳着力，左腳踮起，試着在病房裏走了起來。

開始時很難，有幾次差點跌倒，但走着走着，就慢慢適應了，雖然走得仍然辛苦，但總算掌握到拐杖的用法了。於是她義無反顧地推開了病房的門，走了出去。

小嵐打算去找那個一同受傷入院的女孩，看看是否曉晴，如果不是，也可以向她了解一下程小楠的

事，還有打聽萬卡和曉晴曉星的下落。

走廊上很安靜，只有幾名護士在匆匆走過。小嵐找到電梯，知道自己這層是四樓，便按了上面那層，電梯很快上到五樓。

找到護士站，問電視台的女孩住哪間病房，便有人回答：「哦，你找那個受傷的藝人袁雪嗎？她在五〇三房。」

袁雪？小嵐心裏一涼，之前還存有一絲希望這女孩是曉晴，現在希望破滅了，三個好朋友都不知下落。

小嵐努力按捺着失望的情緒，拄着拐杖向五〇三病房走去。但願能從袁雪那裏打聽到朋友們的一點消息。

五〇三病房的門大開着，可以看到病牀上躺着一個女孩，相信就是袁雪。只見她年約十七八歲，長着一張嬌俏的臉，一副楚楚可憐的樣子。另外還有一個男的背向門口坐着，看不到樣貌。

面向門口的袁雪首先發現了小嵐，她愣了愣，又馬上招手說：「小楠，快進來！你沒事了？真好，我聽說你一直昏迷着，都擔心死了。」

那個男的猛地扭過頭，看向門口，原來是一個十八九歲的年輕人。小嵐心裏打了個愣，這人的臉色好怕人啊，像想吃人似的。

這時那年輕人站了起來，惡狠狠地指着小嵐，大聲罵道：「程小楠，你這個魔女，你還有臉來！你還嫌害小雪不夠嗎？」

魔女？害人？小嵐頓時傻了。打從懂事以來，她都沒有過害人之心，更沒有做害人之事，怎麼這人這樣說自己？

但她立刻又醒悟到，自己的身分已成了程小楠，莫非這程小楠曾經做過什麼對不起人家的事？

正疑惑間，袁雪朝那年輕人說：「孔少謙，別這樣啦！人誰無過，我相信小楠已經知道錯了，你別再罵她嘛。」

那孔少謙說：「小雪，你這個人什麼都好，就是太善良了。程小楠已經不是第一次害你了，早在半年前考藝訓班時，她就在你的飲品中下了瀉藥，害你考試時大失水準。這次拍《傾城公主》電視劇，她搶了你的大配角，這還不算，拍戲時她又把你推下樓梯。只是她沒想到天網恢恢，她推你時自己也站不穩，也滾下了樓梯，比你傷得還重。這人已經壞透了，虧你還對她那麼好！」

小楠聽了心裏暗暗叫苦，這程小楠原來這麼差勁，看來她做過的壞事要讓自己埋單了。

這時，孔少謙走了過來，朝小嵐推了一把：「你快走，這裏不歡迎你！」

小嵐拄着拐杖本就站立不穩，加上猝不及防，竟被推得踉蹌幾步，跌倒地上。

「啊！」袁雪驚叫起來，「少謙，你好壞耶！不可以這樣對小楠哦！」

孔少謙好像也沒料到會把小嵐推倒，竟愣在那裏。門口有個護士經過，見小嵐跌倒，馬上過來把她扶起，又訓斥孔少謙：「你怎麼這樣冷血，見到病人跌倒不來扶。」

她又問小嵐：「你沒事吧，要不要找醫生來看看？」

小嵐跌倒時抓了房門一把，卸了點力，所以跌得不是太重。程小楠做了這麼多壞事，她也沒臉去怪責孔少謙，只好自認倒楣，於是說：「不用了，沒什麼事。」

孔少謙之前還一臉尷尬，見小嵐說沒事，便放了心，不客氣地說：「沒事就趕快離開，快走，快走！」

小嵐自小就因聰明可愛被身邊的人寵着，到了烏莎努爾又成了一人之下萬人之上的公主，從未受過這樣的委屈，沒想到來到這裏被人這樣鄙視。唉，代人受過的滋味真不好受啊！

小嵐有苦說不出，瞪了孔少謙一眼，無奈地離開了。

走到半路才想起，自己想向袁雪打聽的事，一件也沒問到。

第 3 章　大樹下哭泣的女孩

小嵐在袁雪病房裏跌的那一跤，雖然當時覺得沒多大問題，醫生查房時，還是發現她的左腳比原先腫了點，這令到徐護士把小嵐埋怨了一頓：「讓你練習走路，不是可以樓上樓下的跑。看，又得難受多幾天了，多劃不來啊！……」

小嵐沒告訴別人是被孔少謙推倒的，只說是自己不小心跌的。聽徐護士埋怨，也沒作解釋。知道徐護士是好心，便乖乖地點頭表示受教。

經過這件事，徐護士把她盯得緊緊的，不許她走出病房一步，只許在病房內練習走路。

又過了幾天，儘管小嵐左腳受力時還是覺得有點痛，但總算不用拐杖也可以勉強走路，醫生評估過她的身體狀況，通知她可以出院了。

因為袁雪的指控，公司拒絕為小嵐支付住院費用，幸好那個程小楠曾經買了一份住院保險，所以小嵐這次受傷住院的費用可以由保險公司賠償。小嵐連結賬也不用，拿着醫生開具的出院證明就可以離開了。

好心的徐護士剛好這天由白天班轉上中班，四點才會來醫院，小嵐沒能跟她道別，心裏未免有點遺憾。來到這綠桉國，莫名其妙地成了程小楠，既無朋友還要代人受過，很是淒涼。幸好遇上了這位好心腸又話多的護士姐姐，算是小嵐這段灰暗日子裏的一抹暖色，所以無論如何都要感謝一下她。沒想到那麼巧她白天不上班，只好把這一聲「謝謝」留着，以後再找機會跟她說了。

值班護士拿來一個小手袋，說是入院那天小楠隨身帶着的，小嵐道了謝後，就慢慢走出了醫院。

站在車水馬龍的路邊時，小嵐才突然想起，不知可以上哪兒去。

對於程小楠，除了知道她是天星電視台的藝人外，就一無所知，她住在哪裏，有什麼家人和朋友全不知道。小嵐站在馬路邊，發起愁來。

沒想到禍不單行，嘩啦啦的，天上下起雨來。這雨一下就相當大，傾刻之間小嵐就渾身濕透。偏偏旁邊沒什麼建築物，要返回醫院又得經過一個露天廣場，對她那隻受傷的腳來說，沒有十幾二十分鐘走不回去，小嵐只好狼狽地走到旁邊一棵大樹下躲避。

雨太大，任是濃密的枝葉也難擋雨水劈里啪啦落下，小嵐走也不是，站也不是，只好低頭任雨水往身上澆，心裏說不出的淒惶。

要是萬卡哥哥在就好了！

突然，頭上的雨好像停了，小嵐低垂的眼睛看到面前一雙穿着黑色皮鞋的腳，再往上移，是黑色西褲白色襯衣，再往上看，一名二十歲不到的英俊少年站在面前，他手裏撐着的一把傘伸到了她的頭頂。

「是你！」小嵐和少年幾乎同時喊了起來。

萬卡哥哥，你終於來了！小嵐激動得不會說話了，也不會動了，只是怔怔地看着面前的人。

但這時候，發生了令小嵐萬萬想不到的事，少年的臉上瞬間露出了厭惡的神情，他重重地哼了一聲，說：「我剛剛去看過袁雪，我什麼都知道了。沒想到你年紀小小，心腸卻那麼壞，為了名利，一次又一次地害人。我現在正式通知你，電視劇《傾城公主》不用你參演了，劇中那個善良的女孩，不可以讓你這樣心腸歹毒的人扮演。」

「啊！」小嵐簡直以為自己聽錯了，愣了愣，她抓住萬卡的手，說，「你怎麼啦？你怎麼這樣對我說話，我是小嵐啊！」

萬卡甩開了小嵐的手，說：「我當然知道你是程小楠。別跟我拉關係，我跟你不熟！」

從萬卡哥哥嘴裏聽到這樣狠心決絕的話，小嵐難過極了，眼淚湧出了眼眶，她嗚嚥着說：「為什麼？

為什麼這樣對待我？」

萬卡瞪了小嵐一眼，說：「收起你鱷魚的眼淚，我不會心軟的。」

萬卡說完，竟然決絕地轉身就走，把小嵐扔在雨中。小嵐哭着喊道：「萬卡哥哥！萬卡哥哥！……」

也不知道萬卡聽沒聽見，反正他連頭也不回，徑自上了停在路邊的一部小轎車，離開了。

小嵐忍不住號啕大哭。

「小楠，你怎麼了，發生了什麼事？你為什麼站在這裏淋雨？」一把傘替她擋住了雨，熟悉的聲音發出驚訝的疑問。

小嵐抬起頭，透過雨水看清了來人的臉，她馬上撲了過去：「徐姐姐！」

「不哭不哭，小楠不哭，告訴我發生了什麼事？」替小嵐擋雨的正是來醫院上中班的徐護士。

小嵐哭得說不出話來，徐文婷見她全身濕透，臉色發白，生怕她剛出院又再生病，便扶着她返回醫院，讓她換身乾衣服再說。

穿着徐文婷有點寬鬆的衣服，捧着一杯熱氣騰騰的香茶，坐在護士休息室裏的小嵐漸漸平靜了下來，開始理性地分析剛才發生的事。

既然自己成了程小楠，萬卡哥哥也很可能成了別

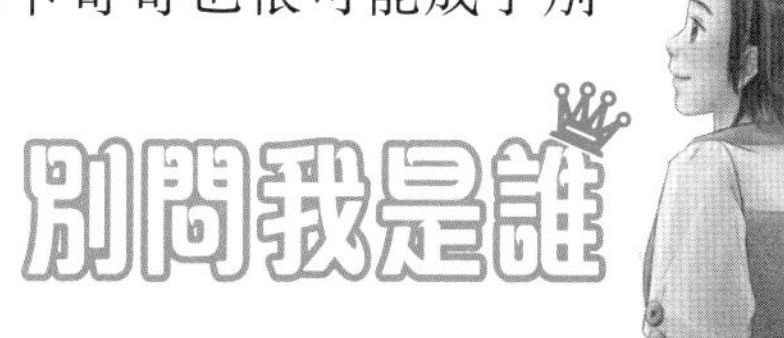

不哭不哭，
小楠不哭！

的什麼人。自己還好留有小嵐的記憶，或者萬卡哥哥因為什麼原因沒了以前的記憶呢？這就可以解釋他為什麼對自己那麼冷酷無情了。因為在他心目中，自己只是一個耍手段的、為名利不惜去傷害別人的小藝人程小楠。

還有另外一個可能，就是他根本不是萬卡，只是一個跟萬卡長得一樣的人。之前不也有過這種情況嗎？在《守護寶藏的公主》那個故事裏，就有兩個長得跟萬卡一樣的人——李翰和任竹天。

小嵐冷靜下來後，原先一張蒼白得怕人的小臉也慢慢回復了之前的紅潤。只要那些虐心的話不是真正的萬卡哥哥說的，她就不會那麼難過。

這時徐文婷推門進來了，她委託同事暫時幫忙照顧病人，跑回來看小嵐，見到小嵐臉色好轉，情緒也平靜了下來，才鬆了一口氣。

徐文婷坐到小嵐面前，問道：「小楠，告訴我，既然出院了，為什麼不回家休息？剛才那麼難過是出了什麼事？」

小嵐不想跟她說萬卡的事，因為沒法說得清。總不能說自己和萬卡是來自另一個宇宙另一個年代，只是來到這裏時不知為什麼變成了另一種身分。說了反而會嚇壞了徐姐姐，沒準她會以為自己瘀血未清的腦

袋又出現了新問題，把自己抓回病房去。想了想，她對徐文婷說：「徐姐姐，對不起，讓你操心了，剛才出了院，卻記不起自己住在哪裏，加上又下大雨，心裏又着急又難過，就哭起來了。」

「可憐的孩子！」徐文婷摸摸小嵐的腦袋，想了想，說，「沒關係，姐姐幫你。住院登記病人資料時，是要填住址的。我想，你的同事送你入院時一定幫你填寫了。我幫你查一下。」

小嵐很高興：「謝謝徐姐姐！」

徐護士跑了出去，不到十分鐘又跑了回來，她揚着手裏一張小紙條，高興地說：「查到了查到了！」

小嵐接過徐文婷遞來的紙條，只見上面寫着：霞山路月明樓二樓。她鬆了口氣，原來程小楠是有房子的人，總算有個地方落腳了。

徐文婷留小嵐吃了晚飯，就帶着她下樓去，給她攔了輛計程車，讓她回家了。

第 4 章　巨人包租婆

計程車停在月明樓的樓下時，小嵐才突然想起自己身上沒有錢，她手忙腳亂地在程小楠的手袋裏翻，找到了一個粉紅色的錢包，這才鬆了一口氣。要是沒有錢給車費，那就太尷尬了。

拿出一張百元紙幣交給司機，找回幾十塊，小嵐小心翼翼地把錢放回了錢包。

抬頭看看那幢起碼有五六十年歷史、外牆已有點剝落的四層舊式樓宇，小嵐心裏不由得忐忑起來，從現在起，自己就得走進程小楠的生活了。

不知道她家裏還有些什麼人？自己會不會被她家裏人發現是冒牌貨？如果被發現，怎樣跟他們解釋，這一切都得馬上面對了。

小嵐為自己鼓了鼓勁，怕什麼，自己是天下事難不倒的馬小嵐啊！怎可以被這些事嚇倒？迎着困難，衝！

小嵐一邊替自己鼓氣，一邊義無反顧地踏進了月明樓。

上到二樓，小嵐拿出小手袋裏的一串鑰匙，隨便拿了一條，插進匙孔中，打不開。又拿了第二條，還

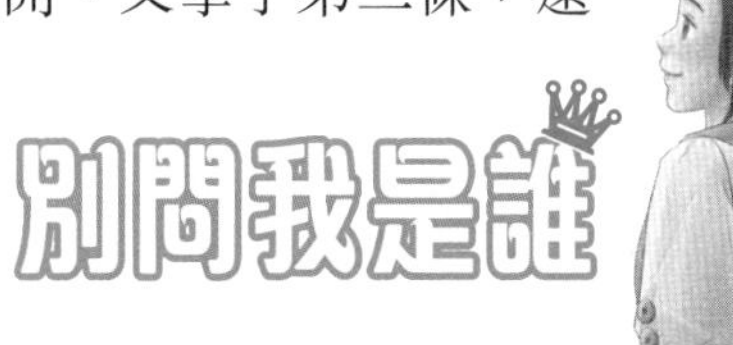

是打不開。到了第三條，匙孔發出「啪」的一聲，終於打開了。

推門進去，客廳很小，不到一百呎的樣子，簡單地放了一張小沙發，一張茶几，一個電視櫃，基本上就把地方佔滿了。小嵐留意到，沙發上放着幾個穿着不同服飾的小貓公仔。

客廳的右側有個門，小嵐走過去，發現是卧房，裏面陳設跟客廳一樣簡簡單單，只有一張單人牀，一張梳妝台，一個不大的衣櫃。牀上和梳妝台上都擺了很多毛公仔，小熊、小兔、小狗等等足有十多個。小嵐發現這屋子的主人很有童心。

梳妝台上擺着一個相架，小嵐以為是程小楠和家人合影，想看看她有什麼親朋戚友，便拿起來細看，卻發現鑲在裏面的是一張她和孩子們一起照的相。照片的背景是安平孤兒院大門口，照片上的程小楠掛着個寫着「義工」兩字的胸卡，笑得十分燦爛。幾十個穿着孤兒院制服的小朋友，有的坐在她的腿上，有的摟住她的脖子，有的依偎着她，十分親昵。

往左側一個小門走去，原來是個小廚房，右側也有一個小門，打開原來是洗手間。

屋子裏的陳設帶出的訊息令小嵐很滿意。第一，程小楠是一個人獨居，這就大大減少了被識穿的麻煩了；第二，程小楠有點窮，這對小嵐來說不是大問題。有手有腳的，養活自己不難；第三，這點是最重要的，程小楠經常去孤兒院做義工，跟孤兒們關係很好，這說明她人很善良，很有社會責任心。小嵐也由此懷疑程小楠推袁雪下樓的真實性，這樣一個好女孩，怎會做出那麼黑心歹毒的事情呢！

折騰了一天，又是淋雨又是傷心的，小嵐覺得很疲倦，她從程小楠的衣櫃裏找了一套睡衣，草草洗了個澡，就上牀休息了。

沒想到那麼累，還是沒能馬上睡着。小嵐盯着刷了白灰漿的屋頂，想着這些天發生的事，感覺挺怪異的。

莫名其妙地做了程小楠，走進了她的生活，那真正的程小楠在哪裏呢？萬卡哥哥也可能成了別的什麼人，那他現在的身分是什麼呢？還有曉晴曉星去了哪裏，他們又成了誰呢？想着想着就睡着了。

可是小嵐睡得很不安穩，老是做惡夢，一會兒是她在森林裏迷路了，每一棵樹的枝杈都成了魔鬼的手，要來抓她，她只好不斷地躲閃着；一會兒又夢到自己掉下深淵，而萬卡哥哥一臉冷笑，袖手旁觀，竟然由她自生自滅；一會兒又夢到她一個人在異國他鄉流浪，誰知碰到打仗，砰砰砰的槍炮聲震耳欲聾……

「砰砰砰，砰砰砰……」小嵐被炮聲驚醒，她睜大眼睛發起呆來，啊，真是打仗？

她定了定神，望向聲音發出的地方，才發現是大門被人使勁敲着，發出巨響。

「這麼早，是誰來找呢？敲得這麼響，好暴力啊！」小嵐嘟囔着下了牀，走向大門。

門剛打開，就見到面前一個巨型物體，幾乎把整個大門口都堵住了，接着聽到一把又高又尖的嗓音：「哈哈，終於把你這死孩子找到了。」

小嵐定了定神，把視線往上移，才看清這物體是一個高高胖胖五十來歲的大嬸。她的臉跟身材一樣又圓又大，但眼睛卻很不成比例，很小很小，就像一塊大大的白麪團上嵌了兩顆小黑豆。

「交房租！」胖大嬸朝小嵐伸出一隻大胖手。

交房租？小嵐心裏咯噔一下，原來程小楠這房子是租的？現在是包租婆來催租了。

包租婆見小嵐沉吟不作聲，又逼近一步，一隻胖手指幾乎指到小嵐的鼻尖：「你這個臭孩子，又想賴賬了。上個月遲了十多天才交租，這個月又躲着幾天不見人，幸虧我聰明，一大早來堵你，看，果然被我逮住了！你休想再賴賬。趕快，錢拿來！」

小嵐被包租婆高八度的聲音弄得耳朵生痛，惱火地說：「住嘴，別說了，給你就是！多少錢？」

包租婆皮笑肉不笑地說：「五千元！」

「你等等。」小嵐走進房間，拿出程小楠的錢包，把裏面的錢全部掏出來。

沒想到，錢包裏面除了先前坐出租車找回的幾張紙幣，其餘的全是零錢，小嵐數了又數，還不到一百塊呢！

小嵐只好把所有的抽屜拉開，最後在梳妝台的一個首飾盒裏找到了兩千元。之後就再也找不到錢了。

小嵐發現手袋裏有張提款卡，心想等會銀行開門去拿好了，於是拿着那兩千塊錢走了出來，對包租婆說：「家裏現在只有兩千塊。不如等我去銀行拿了錢，再一起把五千塊交你吧！」

包租婆一把搶過小嵐手上的兩千元，說：「先給我吧！免得你等會又失蹤好幾天，找不到你。」

小嵐聳聳肩，由她去。

包租婆鼻孔朝天地走出去，走了一半又轉過頭來，衝着小嵐說：「死孩子，不許騙我啊！隔一條街就有銀行，九點開門，你一開門就去拿錢，拿了馬上拿上四樓給我。我收你五千塊，還包水電，已經很便宜了，你別不知好歹啊！」

小嵐讓她的刺耳噪音吵得受不了，便在後面推着

再不交租，
睡馬路去！

她，把她推出門外：「好好好，一回來就給你。走吧走吧！」

包租婆被關在門外，還用驚人的刺耳聲音喊了一嗓子：「死孩子，九點半前把錢拿來，否則馬上掃地出門，讓你睡馬路。」

「真吵！」小嵐生氣地哼了一聲。

第 5 章　小嵐大戰獅子吼

天才矇矇亮，本來還可以再睡一會兒，可讓包租婆這麼一騷擾，小嵐已經睡意全無了。她簡單洗漱了一下，便到廚房去，打開那個小小的冰箱，看看有什麼吃的。這才發現裏面空空如也，連電源也沒插。看來這程小楠不是一般的窮啊！

小嵐再找，皇天不負有心人，終於在小廚櫃裏發現了一包即食麪。小嵐高興地把即食麪親了一下，找了個小鍋，燒水把麪泡開吃了。

看看手錶只是早上六點半，離銀行開門還早着，小嵐想了想，便去翻屋子裏的東西，希望找到一些蛛絲馬跡，能讓自己多了解一些程小楠的情況。因為她以後是要用小楠的身分生活下去的呀！

可是翻了半天，卻未能找到期望中的日記或記事本之類的東西，連有文字的紙片都沒有幾張。幸好正想放棄時，發現了用報紙夾着的兩份有用的文件，一份是程小楠的履歷表，另一份是程小楠跟天星電視台簽的藝員合約。

從履歷上看，原來程小楠跟她同歲，是個孤兒，五歲時父母因車禍雙雙去世，程小楠之後就進了一間慈善機構辦的孤兒院。她讀完初中就出來工作，考進電視台藝訓班，畢業後成為合約藝員。

小嵐心裏很同情程小楠，一個小孤女生存在世界上是多麼的不容易。她心裏越來越相信程小楠是無辜的，這女孩不可能是個壞人。

小嵐又拿起程小楠的藝員合約，細心地看了起來。看來電視台給程小楠的條件不是很好，有戲拍才有錢拿，沒有員工宿舍，有戲拍的那些日子才包伙食，平時自己掏錢……

看到最後，小嵐才發現了一條對自己有利的條文，就是合約期兩年，兩年內公司不得以任何理由辭退她。小嵐頓時樂了！

有工作就好，最好能趕快接到幾部戲，因為現在自己用的都是程小楠的錢，得還上，而且不知還要在這裏留多久，呆一天就要生活一天，生活費用不能缺啊！演戲對聰明的小嵐來説並不難，何況她還在學校參演過幾部話劇呢！

還有最重要的是，萬卡哥哥看樣子也是天星電視台的人，去那裏上班，就有機會見到他，有機會喚醒他的記憶。

想到這裏，幾天來一直繞在心頭的陰霾消散了，小嵐簡直想唱歌慶祝一下，又怕惹來四樓那包租婆，

只好忍住了。這時看看手錶，已是八點三十五分，便拿起小手袋去銀行拿錢。

先應付了包租婆，然後就回天星電視台，沒了一個角色，還可以爭取另一個角色，肯定有機會的。小嵐想得美美的。

左腳的傷還沒全好，小嵐走起路來傷處還會痛，雖然不至於一跛一跛的，但還是有點不自然，而且不能快走。所以雖然銀行是在附近，但也走了十多分鐘才到。去到時銀行還沒開門，小嵐看到銀行外面的櫃員機，不禁拍了一下腦袋，不用等開門呀，去櫃員機取就行了。

小嵐走到櫃員機前，把提款卡放進卡槽，才想起不知道密碼。碰碰運氣吧！她輸入程小楠的生日日期，密碼錯誤。又撳上程小楠的電視台員工編號，還是密碼錯誤！小嵐想嘗試身分證號碼時，伸出去的手又收了回來，她有點猶豫了。

記得不管是香港還是烏莎努爾，都有這樣一個規定，在銀行櫃員機取錢時，如果一連撳錯密碼三次，提款卡就會被「吃掉」。

如果這次的密碼再不對，這張便會被吃掉了，要取回便要辦一系列手續，那今天就取不到錢了。

但也別無選擇了，再試吧！小嵐義無反顧地伸手，揿了小楠的身分證號碼。哇，還算運氣好，真的通過了！提款卡密碼真的是程小楠的身分證號碼！

小嵐高興極了，她打算先查查銀行餘額，好做個開支計劃，沒想到，卻發現了一件非常嚴重的事——程小楠的銀行餘額只有一百元！

一百元，天哪，怎麼辦？想起那個煩人的包租婆，小嵐只覺得腦袋嗡嗡作響，站在那裏呆若木雞。

後面有人來排隊取錢，小嵐無奈地取回提款卡。因為心裏忐忑，走得跟蝸牛似的，走了好長時間才回到月明樓。

怕見到包租婆，小嵐不想上樓去，靠着牆，呆呆地想着如何在這陌生的地方生存。

一聲刺耳的叫喊把她嚇了一大跳：「死孩子，終於回來了！錢呢！」

小嵐抬頭一看，巨型包租婆不知什麼時候來到跟前，這時正居高臨下地看着她，一隻大胖手伸到她鼻子尖前，問她要錢。

「我……沒取到錢！」小嵐無奈地說。

終於明白什麼叫「龍游淺水遭蝦戲」了。堂堂小公主，竟然被包租婆挾迫，竟有了窮途末路的感覺。

「什麼？沒取到錢?!」包租婆發出一聲獅子吼，震得小嵐馬上捂住耳朵。

包租婆嘴巴上上下下、左左右右地動着，說着各種各樣的刻毒話。不過，小嵐可一點不在乎，因為她根本聽不見。

包租婆說到激動處，用手把小嵐衣領一提，把她像拎一隻小貓一樣拎了起來。

這回小嵐不幹了，不發威當我病貓，真是太太太豈有此理了。她伸腿一踢，正踢在包租婆腿彎上，包租婆腿一軟，一下子跪倒在地，因體型之大，之重，竟導致大地震了幾下。

小嵐心裏暗暗給天文台地震中心道了個歉，相信那裏的電話開始響個不停了，受驚的附近居民們一定已經開始撥打電話，向天文台查問剛才發生輕微地震一事。

「你、你這個死孩子，看我捏死你！」包租婆爬起來，以巨大的戰鬥力撲向小嵐。

小嵐身手靈活，一閃閃過。包租婆又一撲，小嵐又一閃。包租婆又再一撲，小嵐又再一閃……包租婆數次撲空，氣得一聲獅子長吼，運氣再向小嵐撲來。

小嵐這回不閃了，她右腳往上一踢，腳尖恰恰在離包租婆的胸口幾寸處停了下來，那氣勢帶起的一陣風，把包租婆嚇得一動也不敢動。

小心評估了一下目前形勢之後，包租婆終於明白遇到高人了。於是她努力在臉上擠出笑容，伸出胖指頭點點小嵐的鞋尖，說：「小、小美女，萬事好商量，先把你的腳放下來好嗎？」

「好！」小嵐見她服軟，便收回長腿，「一早就該好好商量的。欠租還錢，天經地義，但你也不能不講道理啊！我現在真的沒錢，但我會努力去找工作掙錢的，一掙到錢我馬上把欠的三千塊租金給你。」

包租婆咬了咬牙，好像作了多大的讓步，說：「好吧，一個星期。一個星期內把三千塊交來，否則就……」

「嗯？」小嵐瞅了包租婆一眼。

包租婆瞟了瞟小嵐的腿，害怕她再來一招飛踢，便改口說：「哦，嘻嘻，否則就再延期一天。」

小嵐說：「好，一言為定！」

包租婆趕緊說：「那就說定了，不能反悔。」

「好，我說到做到。」小嵐斬釘截鐵地說。

第 6 章　替身演員

長到這麼大，小嵐還沒經歷過缺錢的煩惱，現在才知道，錢不是萬能的，但沒了錢也不行。

雖然包租婆很討厭，但自己住着人家的房子，交租是很應該的，但上哪兒去找三千塊錢給她呢？

小嵐本想休息幾天再去電視台找事做的，但現在只能馬上行動了。她歎了口氣，往電視台走去。原先陣陣發痛的腳踝，走了一段路後好像逐漸習慣了，不再像之前那樣不自然。

幸好電視台就在附近，不用花錢坐車，相信程小楠當初租房子的時候，也是看中了這點。

走了二十來分鐘，就看到了一幢四十層高的大廈，大廈頂上用霓虹燈拼出了「天星電視台」五個大字，雖然白天燈沒開，但陽光下也顯得爍爍生輝、惹人注目。

小嵐把程小楠的員工證拿出來，往入口處自動閘門的感應器上一拍，「嘟」的一聲，門就開了。

小嵐第一次來這電視台，兩眼一抹黑，也不知道路怎麼走，更不知道該去找誰。幸好霎見路邊有地圖，便過去細看，上面把各部門的所在位置標示得很清楚。

小嵐見到上面有藝員調度處，想了想也許去這部門較為合適，便往上面標示的方向走去。

找到了藝員調度處，見到外間有個小秘書，便跟她說要見負責人。小秘書抬頭看了看小嵐，問：「有預約嗎？」

小嵐搖搖頭說：「沒有。」

「那你先登記預約，說明因什麼事。如果楊經理有時間，會打電話約你。你登記完就可以走了，因為楊經理說不定什麼時候才有空。」

小秘書把登記本子往小嵐面前一推，便把眼球轉向電腦屏幕，雙手劈里啪啦打字。

小嵐想，這樣的話還不知要等到哪年哪月呢！不行，得想辦法馬上見到經理。

也真巧，這時外面有人喊：「劉秘書，收速遞！」

小秘書應了一聲，起身走了過去。小嵐大喜，機不可失啊，她馬上走進了那條有着許多房間的走廊，邊走邊看着每扇門上的名字。

楊洛希經理？咦，就是這間了！

小嵐剛要敲門，不提防那扇門從裏面被人打開了，一個個子高高的人走了出來，差點撞到小嵐身

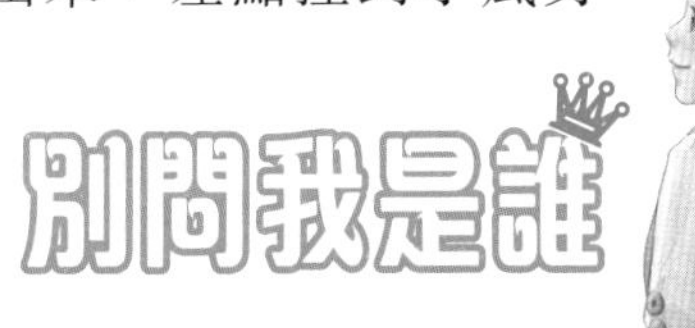

上。

「是你！」那人的聲音冷冰冰的。

小嵐聽到這聲音已知道是誰，她抬頭看去，果然是萬卡。只見他皺着眉一臉不屑地看自己，身上散發的冷氣，彷彿千年寒冰，可以瞬間把人凍僵。

「萬……」小嵐自然而然出口的那聲稱呼，被萬卡打斷了。

「你來幹什麼？小小年紀就這麼有機心！告訴你，出名要靠實力，搞陰謀詭計是沒有好下場的。」

「你以為你是什麼？打抱不平、救苦救難的正義超人嗎？哼，偏聽偏信，不分黑白，笨蛋超人才對！」小嵐生氣了。一次又一次被罵，讓她非常惱怒，憑什麼自己要代人受過，即使真是程小楠做了錯事，也不能讓自己受罪呀！那怕這個萬卡是不知情，也不能這樣。

萬卡明顯地嚇了一跳，可能他也沒想到一個小小的新人會那麼大膽，敢對他發火吧！

「機心女，死不悔改！」萬卡轉身走了。

小嵐朝萬卡背後大大地哼了一聲：「哼！笨蛋超人，是非不分！」

小嵐想起了自己來的目的，也不再管離去的萬卡，徑自走進了辦公室。

房間裏的辦公桌後面坐了一個四十上下、長得很秀氣的女人，她穿着一套淺灰色的行政套裝，剪着一頭短髮，給人一種幹練的感覺。

「你是誰，有什麼事？」楊洛希把剛才發生在門口的事都看到了，她上下打量着小嵐，心想這小女孩挺有意思的，竟然朝太子爺萬華發火。

小嵐說：「我叫程小楠，是電視台的合約藝員。早些時候在拍戲時，不小心摔下樓梯，受傷入了醫院，昨天剛出院。」

「哦，你就是程小楠。」楊洛希用指關節在桌上敲了兩下，說，「我正想找你呢，沒想到你自己找上門來了。據說那天拍戲是你有意推袁雪下樓的，如果是真的，那公司會替袁雪追究責任。這件事你承不承認？」

小嵐一聽就頭痛，媽呀，又來了！自己替程小楠背負罪名，究竟要背到什麼時候呢！

小嵐說：「楊經理，我摔下樓梯腦部受傷，導致失憶，很多事都不記得了。是不是我推袁雪的，我根本不記得，所以很難承認或否認什麼。」

「啊，你失憶了？」楊洛希皺了皺眉頭。

「是。不信你看看醫生的診斷證明書。」小嵐從小手袋裏掏出了醫生的出院證明，上面有寫着她的病

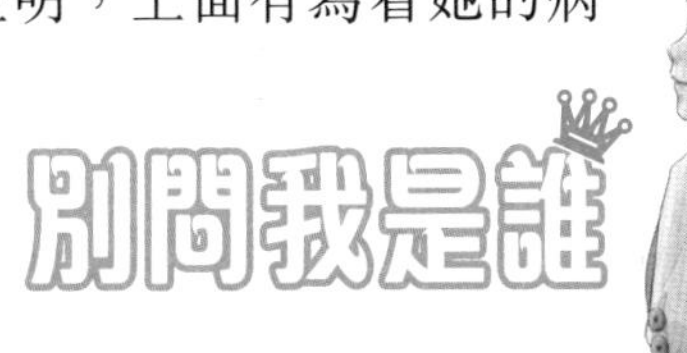

況。

楊洛希接過醫生證明，看完後又交回小嵐。她說：「出事時，因為是小休時間，你們出事的樓梯間只有你和袁雪兩人在排戲，沒有第三者知道發生了什麼事。樓梯間本來有閉路電視的，只是那段影像檔案剛好損毀了，要修復好才能看到錄下了什麼東西。所以，我也不想只聽袁雪一面之詞，等影像檔案修復好了，弄清楚當時發生了什麼事，再考慮處分問題。」

「謝謝楊經理！」小嵐很高興，出院兩天，終於碰到一個正常的人了。

她潛意識裏，總覺得程小楠不像是會推人下樓梯的惡毒女孩，再說，長得像她馬小嵐的女孩，怎會是壞人呢！希望這位楊經理能給程小楠一個公道。

小嵐說：「楊經理，聽說我原來的那個角色被換了，我想看看還有沒有別的戲拍。因為我要交房租，要吃飯，這些都離不開錢呀！」

楊洛希見小嵐長得漂亮可愛，目光單純得像個小嬰兒，看上去真不像是個壞女孩，也有心幫幫她。她打開桌上一個厚厚的公文夾，揭了一會兒，說：「對不起，目前正在拍和準備拍的劇，角色都已定了。如果再有新劇，我再看看有沒有合適的角色。」

「哦。」小嵐情緒有點低落，怎麼應付包租婆呢？總不能八天之後，又來一場地震吧！

楊洛希見到小嵐頹喪的樣子，想了想，說：「如果你急着等錢用的話，我可以幫你安排暫時做替身演員的工作。雖然錢不多，但機會多，而且每一次完成就可以拿錢。只是不能出名。」

「我願意我願意！」小嵐很高興，其實她根本不會考慮出名，有工做有收入就行。

楊經理點點頭，撳了一下電話機上的傳喚按鈕：「劉芳，叫朱欣來一下。」

不一會兒聽到敲門聲，楊洛希叫道：「進來！」

門一開，一個二十七八歲的女子走了進來：「楊經理，您找我？」

「你不是老嚷嚷現在的阿哥阿姐難伺候，動不動就要替身，替身演員不夠嗎？現在給你一個。」楊洛希指着小嵐說，「她叫程小楠，是公司簽的新人。因為暫時沒工作，我先給你使用。她身材很好，做文替很適合。」

朱欣打量了小嵐一下，點點頭，說：「這女孩外形不錯啊，做替身浪費了。」

楊洛希揚揚手，說：「別廢話，去吧，人交給你了！」

「好的！跟我來。」朱欣朝小嵐點點頭，「你來

得正巧。有個拍攝中的劇組剛剛要一個文替，我現在就帶你過去。」

「謝謝楊經理，楊經理再見！」小嵐跟楊洛希道了別，跟在朱欣後面出去了。

第 7 章　公主演公主

坐上了朱欣開的車，小嵐好奇地問：「朱姐姐，什麼叫做『文替』？」

朱欣看了小嵐一眼：「小女孩挺好學啊！『文替』是指幫主角拍攝側面、背面以及遠景等不露臉的戲的替身演員。」

「啊！」小嵐覺得很奇怪，「這麼容易拍的鏡頭怎會找替身演員呢？我還以為一些危險動作，演員沒法完成，才會找一些專業的替身演員幫助拍攝。」

「你不懂。現在稍有點名氣的演員都喜歡找替身，有些是怕辛苦，有的是怕危險，還有因為保持身材苗條不願大量進食而選擇的『飯替』，有專門為拍挨耳光的『抽替』，反正五花八門，什麼原因都有。而一些最紅的一線藝員，會因為同時接了多部戲來不及走場，所以一個人就請了很多個替身，能替的鏡頭就替，不能替的就改情節也要替，有個大明星甚至離譜到一部劇只有兩三天是真身在拍，其餘的都是替身演員幫助完成。」

「哇，真太過分了，這不是欺騙觀眾嗎？」小嵐平時很少留意娛樂圈八卦新聞，聽朱欣這樣說，真覺

得十分訝異。

「娛樂圈，複雜得很呢，呆久了你就會明白了。」朱欣笑笑說。

外景地點並不遠，十幾分鐘的車程就到了，兩人下了車，見到一個頭戴鴨舌帽的中年導演，正在跟幾個演員說戲，朱欣便拉着小嵐在一旁等着。十幾分鐘後，那導演說完，讓演員去準備時，朱欣才拉着小嵐走過去：「陳導，你昨天說《傾城公主》女一號要一個文替，我替你找來了。諾，就是這女孩。」

「哦，對，下午有幾個遠鏡頭要用替身拍。」陳導演轉過身，看向小嵐，「是你？」

小嵐這才猛然想起，《傾城公主》？不就是原來程小楠演大配角的那部電視劇嗎？真是冤家路窄，兜兜轉轉，又回到這劇組了，難保又聽到什麼不好聽的。

果然……

「學什麼不好，學着耍小心眼。幸好袁雪沒事，要不，牢也有得你坐。」陳導演倒沒說什麼，他旁邊的一個男工作人員卻開腔了，「這下子是偷雞不到蝕把米，大配角沒了，要來當替身。」

小嵐撇了撇嘴，懶得理他。

陳導演用手中劇本拍向那工作人員的腦袋：「那

麼多廢話！快準備。」

朱欣聽了那人的話有點奇怪，用探詢的目光看看小嵐。小嵐聳聳肩，一臉的光明正大，朱欣見了也沒再問，看看錶，對小嵐說：「那你就留在這裏跟着劇組吧！下午那場替身，到時會有人來帶你去化妝的。我還有其他事，先走了。」

小嵐點點頭說：「好的。謝謝朱姐姐。」

小嵐在烏莎努爾時也去過片場看拍戲，但當時只是看熱鬧，也沒怎麼上心。現在要拍戲，就要多留心學習了。於是，她站在一邊偷起師來。

現場場景是一處懸崖崖頂，離下面崖底其實並不高，只有兩米多，不過可以利用鏡頭的轉換，來營造萬丈懸崖的感覺。小嵐剛才聽陳導演講戲了解到一星半點，知道這場戲是拍公主來到崖邊，憑弔墜崖身亡的母親。

整組鏡頭是公主從遠處走來，由遠而近，最後走到崖邊，一個背影大特寫，公主低頭垂淚，悲痛欲絕。程小楠原先的角色就是這個大唐公主。

「《傾城公主》第二場第四組鏡頭，開始！」陳導演喊了一聲。

扮演公主的藝員開始從遠處走來，走近時，小嵐才發現，這扮演者就是袁雪。原來她也出院了。看她

走路輕輕鬆鬆的樣子，之前在樓梯跌倒一事，應並未造成什麼傷害。

「卡！」陳導演大喊一聲，「再來一條。袁雪，你走起來高貴大方一點好不好？你是演公主，不是小宮女！」

「對不起，陳導。」袁雪苦着臉退回到遠處，又慢慢走過來。

「卡！不行，再走一遍！」

「卡！身段柔和一點好不好，硬得像根木頭！」

「卡！」

「卡！……」

一連喊了十幾二十次「卡」之後，陳導演的臉黑得像鍋底，而袁雪由於走了一趟又一趟，已經累得氣喘吁吁，快要哭出來了。

「算了算了，先跳過去拍下一個鏡頭，公主站在崖邊低頭抹眼淚。」陳導演好像耐心已經用盡，揮揮手沒好氣地説。

袁雪嘟着嘴，按副導演的指示走向崖邊，走到離崖邊有六七米的地方時，她突然臉色發白，不肯走了：「導演，我……我怕怕，好高耶！」

「啊，你離懸崖邊這麼遠，這戲怎麼演啊！再往前一點，走到畫了白線的地方。」陳導演很生氣。

袁雪見畫白線的地方離崖邊只有大約兩米，死也不肯走。她回頭楚楚可憐地望着導演：「陳導演，我真的好怕哪，找個替身吧！」

陳導演用雙手抱着頭，好像在努力壓抑情緒，過了一會兒才咆哮道：「替身?! 虧你說得出來！這麼一個鏡頭，沒有危險，沒有難度，你一個新人，竟然說要用替身！你還想不想吃這行飯？」

沒想到，那袁雪竟然哇哇大哭起來了。那樣子，像是受了天大的委屈。在場的人都呆了，這算什麼呀，表現不好影響的是整個劇組，導演說幾句是常有的事，犯不着這樣吧！

為怕影響拍攝進度，幾個工作人員走過去勸她，但袁雪仍然哭個不停。這時陳導演揮了揮手：「算了算了，算我怕你了。」

陳導演說完，又對旁邊的副導演說：「這場地一小時後就要交給其他劇組，不能再拖了。趕快拍完崖邊的鏡頭，還要補拍走過來那一組呢！」

副導演看了看在一邊看熱鬧的小嵐，說：「就找她做替身好不好，身形差不多。」

陳導演看了看小嵐，說：「行，就找她。反正技術要求不高，膽子不那麼小就行了。趕快讓袁雪把戲服脫下來給她穿上，再化妝。」

小嵐多了一個掙錢的機會，何樂而不為，高高興興地答應了，跟着副導演去化妝間。

袁雪這時已經不哭了，她一邊擦淚一邊小聲抽泣，一副楚楚可憐的樣子。她這時才發現做她替身的人是小嵐，愣了愣，但又馬上露出一副單純可愛的表情：「噢，小嵐，你已經被劇組開除了，還敢回來哪，也不怕別人笑話哪，我真是好佩服哦！我這角色本來是你的，結果給我了，我真不好意思耶！沒想到你竟然來給我當替身，你不介意嗎？」

小嵐大咧咧地說：「不介意啊！你最好多些不想拍的鏡頭，都留給我拍，多多益善。」

「噢噢……」袁雪想說的話全噎在嗓子眼出不來了。

化妝師很快給小嵐化好妝，因為只是拍背後，所以只是順手給她化了個淡妝，但儘管這樣，當小嵐穿着那身公主服站起來時，在場的人還是有點看呆了。好一個美麗的古代公主！

小嵐沒留意那些人的神情，跟在副導演的後面走出了化妝間。

那等得不耐煩，正一肚子氣的陳導演，聽到聲音扭過頭，看到朝他慢慢走來的小嵐時，他臉上的表情突然變了，驚訝？喜悅？欣賞？還是都有？

那慢慢走近的女孩，是那樣的高雅從容，莊重大方，一身皇家氣度，他彷彿看到一個真正的公主向他走來。

陳導演哪裏知道，眼前這個女孩可是一個真得不能再真的公主呢！

「好！」他情不自禁地喝了一聲彩。

在場的人先是為小嵐的扮相和風采儀態震驚，繼而聽到那平日黑臉嚴苛的陳導演竟然為她喝彩，都覺得不可思議。今天真是開眼界了。

接下來就更令導演滿意了，小嵐站在崖邊，低頭拭淚，整個人散發出的氣息，竟令人從那形單影隻的背影中，也能看出悲傷。

「過！」一次通過。

陳導演把剛才拍的回放看了一遍，笑着點點頭：「不錯！不錯！」

他看了看錶，對副導演說：「剛才拍公主走過來那段浪費了很多時間，不能再拖了。這樣吧，公主的遠鏡頭就由程小楠拍，中鏡頭就取消了，最後鏡頭一拉轉回袁雪拍的大特寫正面鏡頭，這樣就毫無破綻了。」

副導演點點頭，就去跟小嵐和袁雪說。小嵐聽了當然笑嘻嘻地說好，袁雪就很不高興了，但她也不敢

好！

違抗，也怕罪了陳導演，便滿臉委屈地勉強點了點頭。

陳導演果然沒看錯人，小嵐只走了一遍就通過了。這事對她來說一點沒難度呀！她穿越時空去到古代時，曾經是唐朝和明朝的公主，對古代公主的言行儀態，她可是再熟悉不過了，所以拍起這段片時是駕輕就熟，看那陳導演笑得嘴巴差點裂到耳朵根，就知道他有多滿意了。

「好好好，大家快收拾東西上車，《宋朝風雲》劇組快要用這個場了。我們去下一個場地，拍傾城公主跟月華公主相遇那一場。」因為意想不到的順利，副導演也十分開心，滿臉春風地指揮着劇組工作人員。

第 8 章　小嵐被打耳光

到達下一個拍攝場地後，一眾工作人員都忙開了。小嵐被化妝師帶去化妝，換衣服，然後被告知等候導演說戲。

小嵐的腳仍有點痛，所以在等候時就東張西望想找個能坐的地方，見袁雪一個人坐在一張長條石凳上，便走了過去，坐在她身邊。

她忽然覺得旁邊的人不對勁，扭頭看看，發現袁雪在抹眼淚。

「你怎麼啦？」小嵐驚訝地問道。還以為她剛剛去化妝時，袁雪又被陳導演教訓了。

誰知這一問，袁雪的眼淚更是大滴大滴地往下掉，小嵐更鬱悶了，這傢伙是水做的嗎？怎麼這麼多眼淚！

這時袁雪突然使勁抓住小嵐的胳膊，說：「小楠，你別搶我的戲好不好？好不好嘛？」

小嵐嚇了一跳，使勁去掰開袁雪的手指，這傢伙手勁還挺大的，抓得她很痛：「我什麼時候搶你戲了？你快放手，放手！」

「你幹什麼，又欺負小雪了！」有人走到她們身邊，一手拍開小嵐的手。

小嵐抬頭一看，是那天在病房裏把她推倒地上的孔少謙。一而再地被這人挑釁，她不想再忍了，生氣地說：「你幹嗎?!誰欺負她了！神經病！」

孔少謙還想說什麼，袁雪一手撳住他，說：「少謙，你別這樣嘛。是我不好哪，我不該演了小楠的角色。小楠生我氣，搶我的戲，是情有可原嘛，我一點不怪她哦。」

孔少謙見袁雪一副受氣包的委屈樣子，更是怒氣沖沖：「被我猜着了吧！果然是你程小楠在欺負我的女朋友！程小楠你好大膽，知道我爸是誰嗎？我爸是孔南。」

小嵐真讓這對活寶氣壞了，她不怒反笑：「哈哈哈，我管你爸是什麼孔南孔北，孔東孔西，我沒空陪你們瘋，也沒興趣去欺負這位用眼淚作武器的大小姐。說我搶你的戲，好啊，你有本事去說服導演，讓全個劇組再租一天場地，去拍你演不來的戲分！」

「嗚嗚，我沒有演不來哪，你胡說八道！」袁雪又哭起來了。

「幹嗎幹嗎，怎麼又哭了！人家不知道，以為我陳導虐待女藝人呢！」陳導演走過來，沒好氣地說。

孔少謙上前一步：「陳伯伯您好！」

陳導演看了孔少謙一眼：「你是……」

孔少謙說：「我是少謙，我爸是孔南。」

陳導演說：「哦，你是孔大導演的兒子。你來幹什麼？」

孔少謙：「我來探小雪的班，她是我女朋友。」

陳導演睜大眼睛：「什麼？這大哭包是你女朋友？你趕快替她擦乾眼淚。馬上要拍戲了，我不想因為她又再耽誤了進度！」

「好好好！」孔少謙忙拿出紙巾替袁雪擦眼淚，又說，「都是這程小楠不好，是她搶了小雪的戲，小雪才哭的。」

陳導演馬上黑了臉，說：「什麼，你真是睜着眼睛說瞎話！根本沒有人搶她的戲。走吧走吧，別在這兒妨礙拍戲。」

副導演見陳導演生氣，忙把孔少謙拉走。孔少謙邊走邊喊：「我爸是孔南，你們敢趕我走！」

陳導演氣得鬍子往上翹：「認住這個小子，以後不許他探班！我最討厭動不動就把老爸搬出來的人。」

他又招招手：「來來來，袁雪，程小楠，過來給你們說戲。」

這場戲說的是月華公主在崖邊拜祭完母親，回到宮中時在花園碰到了同父異母的傾城公主，月華公主誤會是傾城公主害死自己母親的，於是打了她兩巴掌。

今天演對手戲的本來是演女主角傾城公主的藝人何妮，但何妮有事不能來，所以要找小嵐做替身。

「抽替？」小嵐一下記起了朱欣說的事情，不禁脫口而出。

「你也知道娛樂圈這些名堂啊！」陳導演瞟了小嵐一眼，「不過，何妮是個很敬業的藝人，不是因為怕被打巴掌不來，而是她這幾天要去外地參加頒獎禮。剛好今天拍的是遠鏡頭，所以可以用替身，以後把這一段重新配音就行。」

「哦。」小嵐有點納悶，拍這樣的鏡頭，畢竟不是讓人愉快的。

小嵐沒發現，站在她旁邊的袁雪臉上閃過的一絲得意。

陳導演又對袁雪說：「你等會打程小楠臉時，要注意手的力度，既要讓觀眾看到你是使了勁，但又不會打得對方很痛。明白嗎？」

「陳導演，我知道了。」袁雪低頭答應着，顯得很乖巧受教。

「好，袁雪補補妝，然後各就各位。」陳導演喊

了一聲。

開拍了，只見袁雪扮演的月華公主，低着頭走上小石橋，迎面小嵐做替身的傾城公主剛好走過來。狹路相逢，兩人在橋中間碰上了，都停了下來，看向對方。

鏡頭遠遠對着她們，而且是側面，所以放映時，觀眾不會發現傾城公主是用了替身。以後等扮傾城公主的何妮來了，拍幾個特寫鏡頭補上去，就完美了。

袁雪聲音顫抖着，說：「傾城，是你害死了我母后。」

小嵐說：「我沒有。皇后誤信謠言，以為在外打仗的陛下戰死，所以喝酒喝得大醉，一個人跑到崖邊，失足跌下去的。」

「你還狡辯！」袁雪咬牙切齒地喊着，猛地上前兩步，抬手朝小嵐的臉上打去。

「啪！」聲音大得連隔了好長距離的陳導演都聽到。

所有人都嚇了一跳。急忙朝那邊看去，只見小嵐右手捂住臉頰，愣愣地看着袁雪。

副導演急忙跑了過去，拉開小嵐的手，見到上面明顯的五個指印，不禁皺着眉頭說：「袁雪，你不會就着打嗎？」

袁雪一臉的不安，說：「對不起對不起，我沒經驗，不懂得控制力度。」

副導演看看小嵐的臉已微微腫起，便問陳導演：「這條過沒過？」

陳導演回放剛拍下的片段，皺皺眉頭說：「不行，月華公主的樣子太兇了，打人的力度太大了，這不符合她的善良性格和纖弱體質。再來！」

副導演無奈地對小嵐說：「這一巴掌你白捱了。」

小嵐揉揉還在發燙發痛的臉，皺着眉頭瞪了袁雪一眼，說：「沒關係，再來吧！」

兩人退回去，又從橋的兩頭一齊向小石橋中間走去。走到指定地點，兩人站定，對望。袁雪看着小嵐，聲音顫抖着說：「傾城，是你害死了我母后。」

小嵐說：「我沒有。皇后誤信謠言，以為在外打仗的陛下戰死，所以喝酒喝得大醉，一個人跑到崖邊，失足跌下去的。」

「你還狡辨！」袁雪咬切齒地喊着，跑上前朝小嵐又是一巴掌。

「啪！」比剛才那下更響。

「啊！」小嵐大喊一聲，用手捂住臉。

陳導演一臉惱怒，副導演急忙跑了過去，那邊袁

雪已經在道歉：「對不起啊小楠，我沒經驗……」

袁雪話沒說完，小嵐已抬起手，朝她臉上狠狠甩了過去，發出「啪」的一聲。

袁雪沒想到小嵐會打她，愣在當場。其他人也都愣了，大家都覺得袁雪不對，但沒想到小嵐會還手。

小嵐早就察覺袁雪不對頭了。每次見面，袁雪總是裝出一副友好的樣子，但句句話都帶刺，都是意圖挑起別人對小嵐的不滿。剛才的兩巴掌，小嵐作為當事人，十分肯定她不是失手，不是沒經驗，而是有意的。

小嵐不是隨便讓人欺負的，她一氣之下，還了袁雪一巴掌。

「哇！」袁雪驚天動地地哭了起來。

「什麼事？」一把冷冷的聲音響起。

小嵐扭頭一看，只見一個熟悉的身影站在不遠的地方。他還是那麼帥氣那麼瀟灑，但臉上沒有了那種和煦笑容。這說話的人正是萬卡。

袁雪一見萬卡，便撲了過去，抓住萬卡的手，哭着說：「萬總，小楠打我，她打我！你得幫我主持公道！」

萬卡輕輕甩開了袁雪的手，轉身冷冷地看着小嵐：「又是你！你跟我來！陳導，袁雪，你們也來。」

萬卡帶頭去到不遠處一個小亭子裏，他首先嚴厲地對小嵐說：「程小楠，你別以為合約期未滿，公司就不能解僱你，就憑你一次又一次犯錯，公司就有理由開除你。」

小嵐本來就一肚子氣，萬卡這麼一說，心裏的火就哄一聲點燃了，她氣沖沖地對萬卡說：「你那隻眼睛看到我一次又一次犯錯了？之前說我推袁雪下樓，只是聽袁雪的片面之詞，現在說我打袁雪，也沒了解一下剛剛發生了什麼事。偏聽偏信，黑白不分！」

萬卡之前在楊洛希辦公室門口已領教過小嵐的倔強，所以不致於太愕然，但陳導演和袁雪都呆了，都沒想到一個新入行的小女孩，竟敢跟天星公司的太子爺兼副總裁這樣不客氣！

陳導演怕萬卡怪責小嵐，忙瞪了她一眼說：「小女孩不懂事，好好說話嘛！」

他又跟萬卡說了剛才發生的事，然後又對小嵐和袁雪說：「剛才的事，袁雪和小楠都有錯。袁雪你那兩巴掌也太狠了，即使沒經驗也不是那麼使勁打的，總不能因為拍戲傷了同事。小嵐也有不是，袁雪把你打痛了，你可以跟她提意見，但不可以還手。」

小嵐氣呼呼地說：「她分明是故意的。」

袁雪眼淚汪汪地説：「不是哪，我沒有故意，小楠你別冤枉人，嗚嗚嗚……」

萬卡不耐煩地説：「好啦好啦，我不希望再發生這樣的事！趕快開工！」

陳導演拉着哭哭啼啼的袁雪去補妝了，萬卡拍了拍身上的灰塵，朝小嵐扔下一句「機心女」，就走了。

「笨蛋超人！」小嵐不甘示弱地朝他背後喊了一句，然後回片場了。

小嵐一邊走心裏一邊發狠：死萬卡哥哥，臭萬卡哥哥，不幫我幫外人，還一副臭臭的冰塊臉。要不是看在你很可能是不記得我，早就扁你一頓了！

差點撞上一個人，小嵐抬頭一看，原來是陳導演。

陳導演説：「小楠，等等，跟你説幾句話。」

「好的。」小嵐停住腳步，看着陳導演。

這位陳導演水平很高，對藝術也很有追求，而且一直對小嵐不錯，所以小嵐一向都很尊重他。

陳導演説：「小楠，以後別再像今天那樣衝撞萬華副總裁了。」

「萬華副總裁？」小嵐愣了愣。

終於知道了這疑似萬卡哥哥的人的名字和身分。

究竟他只是像萬卡哥哥的另外一個人，還是他的確是萬卡哥哥，只不過像自己一樣，變成了另外一個身分？

小嵐一時間腦子有點亂。

這時陳導演又說話了：「其實萬總是個好人。他這人有點嫉惡如仇，眼裏容不下一粒沙子。他認定是你做了壞事，所以才這樣對你。」

小嵐低着頭不吭聲，心裏實在委屈。

陳導演微笑着拍了拍小嵐肩膀：「別那麼垂頭喪氣的。你跟袁雪之間的事我也知道，其實我也覺得你不是那樣的人，這其中或者有誤會。事情總有水落石出的那一天，你現在要做的事，就是把事情做好，把戲拍完美，讓所有人認同你。」

小嵐看着陳導演慈祥的笑容，心裏覺得很溫暖。她重重地點了點頭：「嗯，我知道了！」

第 9 章　片場試鏡

朱欣對小嵐還是挺關照的，這些天給她安排了不少的替身工作，所以一星期時間她已經攢到了交房租的三千塊，交給了包租婆。小嵐因此鬆了一口氣，附近一帶暫時不會因為包租婆催租而發生地震了。

但交了那三千塊錢以後，她就一無所有了。幸虧因為有工開她可以在公司飯堂吃免費餐，所以還不會因此餓肚子。不過她可不敢掉以輕心，因為又要為下個月的房租而努力了。

除了掙錢的事，她也在想辦法怎樣讓萬卡記起之前的事，還有怎樣找到曉星和曉晴。時空器在曉星身上，找到他才有希望回到烏莎努爾。

可惜那個寒冰臉一見到她就一副輕蔑和不屑，令她真想把那張臉撕下來，換回以前的溫馨笑容。而曉晴曉星也毫無蹤影，不知是被扔到別的什麼星球，還是同在綠桉國，只是茫茫人海尋不到彼此。

這天早上她吃完早餐，正想去找朱欣看看有什麼安排，突然接到楊洛希電話，讓她回電視台試鏡。

原來電視台有一部籌劃多時的電視劇《大地烽火》要開拍，本來所有角色都定好了，沒想到演女二號的藝人突然得了重病，要住院開刀，無法參加拍攝。

故事中這女二號戲分不少，是除了男女主演之外最重要的角色。這角色在戲中的年齡只有十五歲，一般演技夠的人年紀都大大超過這歲數，而歲數相符的藝人又往往都是些新進藝人，演技稚嫩無法駕馭這角色。之前好不容易定了人選，沒想到天有不測之風雲，這人選又出了問題，得重新找人，這令到制作人和導演很是頭痛。

在手頭人材資源無法滿足的情況下，劇組便考慮進行公開選拔，定在今天進行試鏡。因為那女二號外形要求跟小嵐很吻合，而年齡上又差不多，所以楊洛希向劇組推薦了小嵐。

小嵐並不打算在演藝圈發展，所以也不想去爭什麼主角配角，但想到女二號應該報酬比替身多很多，所以就高興地答應了。

按照楊洛希説的時間，小嵐去了公司十樓。一走出電梯，就見到走廊裏坐了十幾個跟她年紀相仿的女孩子。那些女孩子有的在照鏡子，有的在跟同伴小聲説話，有的在一臉緊張地盯着試鏡室那扇大門。

小嵐隨便找了個位子坐了下來。

「程小楠，你也來試鏡嗎？」一把嬌滴滴的聲音

響起。

小嵐抬頭一看，面前站着的竟是袁雪。心想撞鬼了，走到哪裏都能碰着她。她撇了撇嘴，淡淡地答了句：「是的。」

沒想到袁雪竟一屁股坐到了她身邊，一臉哀怨地說：「程小楠，你怎可以這樣？你為什麼總是要跟我搶？」

小嵐目瞪口呆，真是奇葩啊！這袁雪莫非瘋了？好像這角色本來就是她的，其他來試鏡的人都是跟她搶似的。

不值得為這人費口舌，小嵐一於採取漠視態度，不理她。

袁雪繼續喋喋不休：「程小楠，我的小心臟很弱的，受不了打擊，你就當可憐我，別再搶了好不好……」

幸好這時試鏡室走出了一個工作人員，拯救了小嵐的耳朵。

「陳曉敏，章逸琪，袁雪，何欣欣，唸到名字的人請跟我來化妝，準備試鏡。」工作人員唸完名字，就轉身往裏走。幾個被唸到名字的女孩，都緊張地跟在他後面。

「我先進去了，祝我好運吧！」袁雪說完，看到小嵐沒表示，跺了一下腳，追上了那名工作人員。

進去試鏡的人又陸陸續續走了出來。有的覺得自己表現不好，有點垂頭喪氣的；有的認為自己很有希望，神采飛揚的；有的大概對有沒有被選中不是太介意，所以臉色如常。

袁雪屬於第二種，就是認為自己很有希望的那類。她從試鏡室走出來後，特地跑到小嵐身邊，示威般的說：「剛才老師對我的表演評價可高哪，我覺得自己很有希望，祝賀我吧！」

小嵐像看怪物一樣瞅了她一眼，然後就不理睬她了。袁雪大概覺得很受傷，不高興地撅着嘴，坐了下來。

「程小楠、梁寧……」

幸好這時工作人員出來唸第二批試鏡的女孩名字，其中有小嵐。小嵐好像避瘟神一樣，急忙站起來，跟着工作人員走了。

因這角色是一名十五歲的女學生，服裝師給小嵐戴了有着整齊留海的短髮頭套，讓她穿了一身酷似民國時女學生那樣的衣服。

因為只是海選試鏡，化妝師也沒有在妝容上花多少時間，只是撲了薄薄的一層粉，塗了口紅，但一個柳眉杏眼、溫婉大氣的女孩便出現在人們面前。惹得

女化妝師都忍不住朝另外幾個同事嚷嚷：「快來看看，這女孩真美！」

輪到小嵐試鏡了，剛走進攝影棚，便見到幾部機器對着她，小嵐見慣大場面，一點不害怕。機器後面坐着幾名導演和製片人，見到小嵐，都不住點頭，小聲議論交換意見，對她的外形表示滿意。

一名老導演上來跟小嵐說戲，等會演的是《大地烽火》中一個片斷。說的是外敵入侵，少女小靜青梅竹馬的表哥參軍上戰場，抵抗外敵入侵。敵強我弱，戰場上九死一生。小嵐試鏡演的就是小靜給表哥白曉天送行的一段。

小嵐很快明白了要求，她正要開始醞釀情緒，卻見到有個人大步走了進來。

她馬上呆住了。這不是萬華嗎？原來這太子爺不但是副總，還是個藝人。

萬華穿着一身筆挺的軍裝戲服，高大挺拔的身材在制服的襯托下顯得更加氣宇軒昂，渾身散着一股堅毅的軍人的氣質。

萬卡哥哥好帥啊！小嵐竟呆住了。

「咦，萬總，怎麼是你親自上陣？剛才代替你跟女二號對戲的徐定國呢？」

萬華笑笑說：「我讓他走了。今天剛好沒事，我也來把把關，選出我喜歡的女二號。」

「很好很好，你親自參加選角，那再好不過了，畢竟那套劇你跟女二號有很多合作戲分。」製片人喜笑顏開。

老導演招呼萬華：「萬總，可以埋位了。」

萬華按照攝影師的要求站到機位前，這時他才發現試鏡的女孩是小嵐。只見她亭亭玉立地站在那裏，樸素的打扮，清雅的氣質，就像一株帶着露水的白荷花。

此刻女孩怔怔地望着他，黑曜石般的眸子裏帶着說不出的情緒，欲言又止，欲說還休。萬華頓時愣了，忘了之前對她的厭惡，只覺得自己整個人都陷到了她那海一樣深的雙眸之中。

兩人呆呆地對望了幾分鐘。旁邊的人瞧着也沒管，還以為他們這麼快就投入到劇情裏了。

萬華首先回過神來：「是你，機心女！」

小嵐迅速收回目光：「哼，笨蛋超人！」

兩人同時轉身，異口同聲地說：「我不跟他（她）對戲！」

旁邊瞧着的那幫人看看萬華，又看看小嵐，心裏直納悶，剛才不是好好的嗎？俊男美女，深情對望，很符合劇情啊！怎麼轉眼就翻臉了。

笨蛋超人！
機心女！

老導演馬上拉住萬華：「試試吧！這女孩不錯啊，比剛才試鏡的都好。」

「哼！」萬華表示鄙視。

副導演拉住小嵐：「萬總是個好藝人啊，跟他搭戲能學到很多東西呢！這是你們新人的好機會啊，不試你以後肯定後悔。」

「哼！」小嵐表示不屑。

投資人像哄小男孩：「萬總啊，場地都租好了，這部戲再不開拍就每天都要賠錢了，你不心痛你老爸的錢，我們投資人心痛自己的錢啊！」

製片人像哄小女孩：「小楠啊，這女二號酬勞很高呢！而且容易出名……」

小嵐不在乎出名，但在乎錢，因為很快就得交下個月的房租了。她嘟着嘴點了點頭。

萬華不心痛老爸的錢，反正他有的是。不過他不想影響別的投資人，只好妥協了。

兩個人走回指定位置，按導演的要求四目相投。開始時還像兩隻好鬥的公雞那樣，死死瞅着對方，但演員的專業精神讓他們很快按捺下私人情緒。萬華首先投入了白曉天的角色，他的臉變柔和了，眼睛變溫暖了，他伸手拉住了小嵐的手。

小嵐的心頓時一顫，看着眼前熟悉的臉容，彷彿

看到那個疼她寵她的萬卡哥哥回來了。

「我走了。答應我，你一定要好好的。」

「嗯。多保重，等你沙場殺敵、勝利歸來！」

……

小嵐彷彿回到了那一天，萬卡哥哥為了打退入侵的外星人，義無反顧地準備登上飛機那一刻。

她微微抬起頭，明明眼淚溢滿了雙眼，卻又努力綻開笑容，這讓她那清純的臉容特別淒美，特別動人，對面的萬華看呆了，滿場的人也看呆了。

「很好！」一聲叫好，令小嵐驚醒過來，這時一直聚在眼眶的淚水流了出來，她慌忙在身上摸來摸去找紙巾，卻找不到。

一隻手遞了張紙巾過來，她趕忙接過來擦眼淚，待擦乾了，才發現那人是萬華。

「謝謝你！」

「不用！」萬華説完離開了。

老導演朝小嵐豎了豎大拇指，又拍拍她的肩膀：「你可以走了，結果如何，等電話通知。」

第 10 章　果然是正義超人

《傾城公主》仍在拍攝中。演女主角的何妮是很受歡迎的藝人，是劇集收視的保證，所以同時拍着五部劇集。時間分配不來，很多鏡頭都要小嵐做替身，這也使小嵐掙到了足夠的生活費，總算不用為房租和兩餐發愁了。

在收獲金錢的同時，小嵐也收獲了劇組人員的喜愛和信任。尤其是陳導演特別喜歡她，覺得這女孩子聽話又肯學習，對人又親切大方，演技又不錯，比那些喜歡耍大牌的藝人好相處多了。於是陳導演常常有意地指點她一些技巧。小嵐本身就是個絕頂聰明的女孩，一講就明，一點就通，所以一段時間下來，小嵐的演技不知不覺又進了一大步。

這天大清早，天氣晴朗，陽光明媚。攝製組去到拍攝場地，工作人員便忙開了。小嵐因為已穿好戲服化好妝，不用再作什麼準備，便自個兒走到一片濃密的樹蔭下，伸伸手，彎彎腰，呼吸新鮮空氣。

這天她做替身拍的是傾城公主潛入番邦皇宮，救出被擄的月華公主的幾個遠鏡頭，所以穿着白色緊身衣服，手裏拿着一把劍。見時間還早，她便溫習起武

打師傅教她的幾個舞劍動作。

小嵐本身柔中帶剛，舞起劍來雖然不是很純熟，但也英姿勃勃、令人賞心悦目。這時萬卡來到片場，遠遠見了，不禁停了下來，倚着一棵樹，悄悄地欣賞着。只覺得那個颯爽英姿、神采飛揚的小姑娘，就像一隻白色小精靈，十分可愛。他老是緊抿着的嘴，不禁翹了起來，露出了笑容。

小嵐舞着舞着，覺得有人在看，便停了下來，見到了站在幾米遠的萬華，見到了他臉上的笑容。

萬華見小嵐看到他，馬上尷尬地收起笑容。瞅了小嵐一眼，萬華朝她招招手，說：「喂，過來！」

小嵐撇撇嘴，說：「喂什麼喂，你是喊貓還是喊狗！有話要說，自己過來！」

小嵐說完，坐到石凳上背向萬華，只管自己擦汗。

萬華朝她背後咬牙切齒了一會兒，也只好氣哼哼地走了過去。

小嵐剛舞完劍，小臉兒紅撲撲的，見萬華走過來，便説：「找我有什麼事？」

萬華說：「兩件事。第一件，《大地烽火》的女二號，決定由你出演。」

「哦，謝謝！」小嵐點了點頭。

萬華瞟了她一眼，心想這小姑娘挺沉得住氣呀！換了別的女孩，早就跳起來尖叫歡呼了。

萬華停了停，臉上有點尷尬似的，然後說：「第二件事……」

他又再停了停，好像有點說不出口似的。

「什麼事呀？」小嵐瞧了他一眼，站起身來，「你不說，我要走了。快到拍戲時間了，我可不想遲到被導演訓。」

「別走！」萬華一把抓住小嵐，使勁把她摁回凳子上，「第二件事，我要向你道歉。」

「哦？」小嵐盯着萬華，戲謔地說，「不會吧！堂堂副總裁、大明星，竟然向我這小藝人道歉？」

「是。」萬華認真地說，「之前說你把袁雪推下樓的事，已經真相大白了。那閉路電視的影像檔案已經修復好，從影片中可以清楚看到，是袁雪自己不小心掉下去的。你反而是無辜被她撞了一下，站不穩滾落樓梯。」

「啊！原來是這樣！」小嵐暗暗鬆了一口氣。

之前她認為程小楠不會推袁雪下樓，也只是推測而已，現在真相大白，程小楠沉冤得雪了，而自己這個替死鬼也可以脫難了。

只是那袁雪太可恨了，明明是自己不小心，卻污

衊別人，令小嵐被冤枉了那麼久。

「袁雪捏造事實，令同事蒙冤受屈，實屬品行不端。公司已決定給袁雪處分，拍完《傾城公主》後，合約期內不再安排她出演主角和其他重要角色。你那天罵我偏聽偏信，罵得很對，是我不好，我向你道歉！」萬華臉上訕訕的，大概是從來沒向人道過歉吧！

小嵐撲嗤一聲笑了：「算了算了，我不怪你，你以後別見了我就一副千年寒冰臉，像見到仇人似的，我就滿足了。」

「我有嗎？」萬華摸了摸自己的臉，不好意思地說。

小嵐心裏一動，眼前不再冷漠的萬華，根本就是那個溫文爾雅，有如和煦春風的萬卡國王，她忍不住喊了一聲：「萬卡哥哥，你真的不記得我了？」

「啊！你說什麼？」萬華一臉奇怪地看着小嵐。

見萬華一臉茫然，小嵐不禁輕輕歎了口氣。

正在這時，傳來副導演的大嗓門：「小楠，到你上場了！」

「哎，來了！」小嵐跳起來，急急忙忙跑過去了。

留下來的萬華一副莫名其妙的模樣：「萬卡哥

哥？記得她？什麼意思？」

下午沒戲拍。小嵐吃完午飯正要回家，卻接到楊洛希打來的電話，讓她去一趟藝人調度處。

小嵐答應了一聲，就往辦公大樓走去。去到調度處，又被那個小秘書攔住了。小嵐告訴自己名字，並說是楊經理約見，小秘書聽了點點頭，起身帶她去到楊經理的辦公室門口，敲了敲門：「楊經理，您約的程小楠來了。」

裏面傳出聲音：「進來！」

小秘書推開門，朝小嵐點點頭，做了一個「請」的手勢。小嵐說了聲謝謝，便走了進去。

辦公室裏除了坐在辦公桌前的楊洛希外，楊洛希對面的椅子上還坐了一個人，因是背面看不到是誰。小嵐走近時，楊洛希指了指那人旁邊的一張椅子，說：「坐吧！」

小嵐坐下時，看了旁邊那人一眼，原來竟是那個害她被人罵的袁雪。只見她兩眼紅腫，滿臉是淚，正不住地抽着鼻子。

小嵐心裏有點幸災樂禍，哼哼，你也有今天，害人終害己了！

楊洛希一臉歉意地對小嵐說：「想必萬總已跟你說了之前墜樓梯的事，之前因為袁雪的不實之詞，令

你被冤枉，連《傾城公主》的角色都被取消了。現在事情已真相大白，公司除了對袁雪作出處分外，還責令她當面向你道歉。」

楊洛希又看向袁雪，皺皺眉頭說：「小楠來了，你快跟她說對不起。」

袁雪轉身向着小嵐，嗚噓着說：「小楠，對不起！我以後再也不做這些損人利己的事了。」

小嵐看她哭得花臉貓似的，心早軟了，忙說：「算了算了，人誰無過，過而能改，善莫大焉。」

袁雪扁扁嘴，說：「謝謝小楠。」

楊洛希對袁雪說：「小嵐比你還小呢，你看人家多麼大氣。你以後可要好好做人，要出名不能靠使手腕、搞陰謀，靠的是老老實實，勤學苦練。就這樣吧，你可以走了。」

「楊經理再見，小楠再見！」袁雪擦着眼淚走了。

見袁雪走了，楊洛希對小嵐說：「小楠，真對不起，公司在真相未明的情況下就換下了你的角色，還令一些同事對你冷言冷語。」

小嵐說：「沒事沒事！有句話叫『心底無私天地寬』，做人問心無愧就行。我相信世界是美好的，是公平的，只要放開胸懷，學會包容，問題一定能解決。」

「心底無私天地寬……說得真好！」楊洛希把小嵐說的話唸了一遍，若有所思。心想這小姑娘真了不起，小小年紀就能把人生道理理解得這樣透徹。

只聽到小嵐又說：「楊經理，我還得謝謝你呢！要不是你信任我，給我找了這些替身工作，我可能窮得連房租都沒法交，給包租婆趕出去睡馬路呢！當然我還得感謝很多人，比如朱欣姐姐給我安排工作，陳導演教我演戲，武打師傅教我練劍，劇組裏很多人都對我很好很關心，我其實覺得自己很幸福呢，有這麼多人對我好！」

楊洛希看着小嵐開朗樂觀的臉容，聽着她感恩的話語，禁不住也被她感染了，覺得這世界也美好起來。

楊洛希想起了什麼，她笑着對小嵐說：「其實你還要感謝一個人呢！他就是萬華，萬副總。」

「他？幹嗎要感謝他？」小嵐有點不明白。

楊洛希說：「本來那個閉路電視的影片檔案損毀了，一直修復不到，電視台的技術人員都說肯定不能修復了。後來還是萬總找了一個專家來，千方百計才修復好了。要不是他，你想洗脫罪名就難了。」

小嵐小聲嘀咕着：「原來這笨蛋超人還真有正義

超人的一面呢！萬卡哥哥開始回來了。」

楊洛希沒聽到她說什麼，問道：「你說什麼？」

小嵐這才意識到自己在自言自語，忙說：「哦，我是說沒想到萬總會幫我，我得找機會謝謝他。」

第 11 章　小朋友要救小靜老師

電視劇《大地烽火》準備開拍了，小嵐是女二號，戲分很多，所以也沒再接其他替身工作，準備專心一意地拍這部戲。

開鏡那天，《大地烽火》幾乎劇組所有演員都來了。萬華姍姍來遲，跟他同車來到的，還有這部戲的女主角寧燕俠。

這部戲是電視台今年的重頭戲，又是由天星電視台的太子爺萬華和電視台一線女藝人寧燕俠領銜主演，所以來了不少娛樂記者，見到男女主角出現，便都一湧而上，爭着拍照。

萬卡即使一張冰山臉，但在那裏一站，仍然帥得一塌糊塗，惹得一班小女演員眼裏狂擲紅色心心。

寧燕俠是近年很搶手的當紅女藝人，很懂怎樣應付記者，怎樣搶鏡，她姿勢一擺，把自己最美的那一面亮出來，俊男美女，謀殺了記者不少鏡頭。

記者照完相後，又圍着兩人問問題：

「萬總，聽說公司對這部戲很看好，你估計播出時會有多少收視率？」

「寧小姐，聽說你很喜歡劇裏的這個角色，有想

過憑這部劇拿今年的最佳電視藝人獎嗎？」

「萬總……」

「寧小姐……」

萬華和寧燕俠回答了記者幾個問題，就撥開人羣，帶着寧燕俠走進拍攝場地。

小嵐跟劇組其他人不熟，只是一個人乖巧地站在一邊等候。只見她穿着一件合身的斜襟、喇叭袖的豆綠色上衣，配着一條黑色及膝黑色裙子；留着齊耳短髮，整齊的留海覆蓋着她白皙的額頭，線條優美的瓜子臉上，一雙黑寶石般的眼睛顧盼生輝。真稱得上眉目如畫，清麗可人。

萬華和寧燕俠同時看到了小嵐，萬華眼睛一亮，心裏暗讚這女孩子的清雅美麗。而旁邊的寧燕俠就圓睜雙眼，說道：「哇！萬總，你們從哪裏找來這麼清純的新人？她演什麼角色？」

萬華語有點得意：「她是我們台藝訓班培訓出來的，叫程小楠。演我表妹小靜，女二號。」

寧燕俠嚷嚷道：「這回我慘了，這女孩年輕漂亮，還渾身冒着靈氣，沒準會把我這女一號比下去了。」

萬華說：「俠姐你放心，她是新人，演技還得浸上十年八年才有望超越你。不過，可不許你仗着老資格欺負人家小女孩啊！」

寧燕俠說：「放心，我不會欺負新人的！你不知道人人都叫我『娛圈大俠』嗎？什麼叫大俠，就是鋤強扶弱濟世安民，路見不平拔刀相助……」

小嵐早就見到了萬華和寧燕俠，等他們走近便微笑着跟他們打招呼：「萬總好！這位姐姐是……」

寧燕俠見小嵐落落大方，絲毫沒有小新人見老闆和明星的畏縮和討好樣子，心裏未免有點納罕，不禁對這位小妹妹又高看了幾分。

萬華給小嵐介紹說：「這是寧燕俠。戲裏的女主角，演我的女朋友。」

「俠姐姐，您好，請多指教！」小嵐彬彬有禮地朝寧燕俠伸出手。

寧燕俠打心裏喜歡這個漂亮又乖巧的女孩，她拉着小嵐的手，哈哈笑着，說：「小妹妹，我喜歡你！以後有什麼困難，生活上也好，演藝方面也好，找我！」

「謝謝你！」小嵐臉上綻開了笑容。

《大地烽火》開拍後，小嵐很快融入了劇組這個大集體，她長得漂亮，與人相處又十分得體，所以劇組的人都喜歡她。在拍戲方面，她悟性很高，所以拍起戲來，很多都是一次就拍成功，頂多就重拍兩三

次，順利程度竟跟有經驗的資深藝人差不多，這使到劇組那位姓朱的老導演和兩位副導演都很欣賞她。而萬華和寧燕俠兩位主演也對她也很關心很看重。總的來説，小嵐開始在這個平行宇宙裏安定了下來。

不過，小嵐內心其實並不平靜，不時掛念着全無蹤影的曉晴曉星，擔心着萬卡哥哥會不會永遠記不起自己，也擔心不知什麼時候才能回到烏莎努爾。不過她向來是個樂天派，本着既來之，則安之的心態。自己不是個小福星嗎？閉門家中坐，也許福氣就叭啦叭啦地從天上掉下來呢！

這天上午，因為萬華和寧燕俠都不在，朱導演就爭取時間專拍女二號的一些戲分，小嵐就成了這天上午最忙的人。

做藝人是很多少男少女的夢，也許在他們眼中的藝人風光無限，但卻沒看到他們背後付出的辛苦。就拿今天小嵐要拍的幾場戲來説，都是一點不輕鬆的。

一場是講小靜所在的城市被大槐國軍隊佔領，侵略者武力鎮壓之後，又進行文化侵略，強令所有學校的語文課不准再教本國語言文字，而改為學習大槐國語言文字。

正在讀高中的小靜被迫停學，她想為苦難中的民眾做點事，便去了一間小學做義工，當語文教師。她不希望自己的學生忘記祖國的文化，便偷偷地教學生學習綠桉國文字。沒料到這事被大槐國的暗探發現了，一班兇惡的大槐國警察衝進學校，把小靜抓了起來。

課堂的那部分鏡頭拍得很順利，那些小學生演員都挺聽話的，導演叫怎麼演就怎麼演，但後來演到警察來學校抓小靜時，就出狀況了。

一班小演員跟小嵐相處了一段時間，都很喜歡這個又漂亮又親切的小老師，還問她會不會以後真的教他們。見到警察來抓老師，竟忘了這是在演戲，他們有的哭着大喊「別抓老師，別抓老師！」有的跑去用小拳頭打那些警察，場面十分混亂。後來還是他們的老師還有小嵐勸了很久，一再強調這只是演戲，他們才慢慢平靜下來。

那些扮警察的演員也出了狀況。扮演警察的是一些電影學院來實習的學生，十八九歲的男孩子，缺少經驗，又想努力表現自己，將來實習完畢好得到好評。他們怕導演覺得自己不夠投入，所以對小嵐推推搡搡的，用繩子綑綁的時候不知輕重，竟把小嵐的手腕勒得破了皮，流出血來。

朱導演見了，少不得把那幾個毛孩子好一頓訓，還説就衝他們這表現就休想得到好評。弄得那幾個學

別抓老師，
別抓老師！

生臉色灰白，垂頭喪氣的。

小嵐知道這些學生學藝幾年，也挺不容易的，要是實習給打個劣評，將來找工作就麻煩了。於是甩了幾下手，明明很痛卻裝出一副滿不在乎的樣子，對朱導演說：「沒事沒事，朱導演別責怪他們。是我自己不好，表演太投入了，綑綁時拼命掙扎，所以才擦傷了。不怪他們。」

朱導演看看小嵐，說：「真的沒事？」

小嵐說：「沒事，真的！」

朱導演對那幾個學生說：「以後別再毛手毛腳的，這次就饒過你們。」

「謝謝朱導演！」幾個學生喜出望外，又向小嵐道謝，「謝謝小楠！」

「沒事沒事！」小嵐擺擺手。

之後劇組把拍戲地點挪到了附近一條小河邊。這段情節是講小靜被關在警察總部大牢，她家的小婢女珠兒想方法混進了大牢，灌醉了幾個看守，把小靜救了出來，並帶着小靜逃走。走到河邊時，小靜因為受了傷，腳步不穩，掉到河裏去了。

這組鏡頭就是拍小靜和珠兒走到河邊，小靜不慎落水。扮演珠兒的正是被公司處罰的袁雪。因為合約期內不再安排她出演主角和重要角色，所以她只能演

一些小角色。這戲裏的珠兒，就只有一兩場很少的戲分。

開拍了，鏡頭由遠而近，小嵐和袁雪在河邊急匆匆地走着，突然小嵐腳下一滑，掉到河裏去了，袁雪愣了愣，隨即拖着聲音大叫：「小——姐——，小——姐——」

本來這裏鏡頭一轉，就拍一名剛好路過的年輕人跳下水，把小嵐救了上來。但沒等那男演員有動作，朱導演就大叫：「停停停！」

朱導演跑過去，皺着眉頭對袁雪說：「你怎麼喊成這樣？小靜又不是離你很遠。你應該這樣，小姐！小姐！小姐！語氣急促些。再來！」

「對不起，對不起！」袁雪眨着眼睛，想哭的樣子。

雖然剛入秋，天氣並不冷，但這時節的河水還是冰涼冰涼的，小嵐穿着單薄的衣服泡在水裏，冷得打顫。本以為拍完這個鏡頭就可以馬上上岸換衣服，但現在又得再來一遍。

「好，小楠做出剛落水的樣子，袁雪焦急地朝她喊着。」朱導演一揮手，「開始！」

小嵐在水裏作出剛掉下水狀，袁雪直挺挺地站在河邊，喊道：「小姐！小姐！」

「停停停！」朱導演又喊了起來，他又跑了過去，氣呼呼地朝袁雪發火，「你是第一次演戲嗎？喊的時候，上身稍為前傾。直挺挺地站着，像根木頭似的！再來！」

「對不起，對不起！」袁雪擦着眼睛，一副可憐巴巴的樣子。

朱導演跑回攝影機前，喊道：「開始！」

於是，小嵐又在水裏作出剛掉下水的動作，袁雪上身稍前傾，朝河裏的小嵐喊道：「小姐！小姐！」

這回朱導演沒再喊停，於是扮演救人的年輕人跳進河裏，把早已凍得上下牙齒打架的小嵐救上了岸。

朱導演見到小嵐那樣子，不由得又狠狠瞪了袁雪一眼，要不是她多次NG，小嵐也不致於泡在水裏這麼長時間。袁雪看見朱導演那像吃人的目光，趕緊低下頭，一副小可憐的模樣，朱導演見她這樣子，也只好把到嘴邊的責罵吞回肚子裏。

這時工作人員已拿了一條大浴巾來，包住了小嵐，朱導演憐惜地看看小嵐，對那工作人員說：「你快找乾衣服來給她替換，然後開車把她送回家，讓她好好休息吧！」

工作人員扶着小嵐去換衣服了，其他人也各自忙去了。這時一棵樹後面走出一男一女兩個人，男的

說：「小雪，你真聰明啊，這樣的報仇方法也能想到！程小楠這次被你弄慘了，真是大快人心啊！不過她也是活該，誰叫她傷害了你，還倒打一耙。公司說墜樓梯事件是你誣告程小楠，不過我相信你的話，這些都是程小楠搞的鬼，你是無辜的。」

女的點點頭，說：「謝謝你了，少謙。現在只有你相信我的話了，我好可憐哦！」

男的拍拍胸膛說：「小雪，別怕。萬事有我呢！我一定支持你，把和程小楠的鬥爭進行到底。」

女的說：「少謙你對我真好。」

男的把胸膛一挺，說：「那當然。你是我女朋友嘛！」

第 12 章　生病

小嵐被工作人員送回家後，洗了個熱水澡，飯也沒吃就睡下了。第二天早上起來，只覺得渾身無力，很不舒服。

她真想重新躺回牀上，但想到今天是拍與萬卡的對手戲，就硬撐着起牀了。萬卡同時拍幾部戲，很難得今天有一天時間可以回《大地烽火》劇組，她無論如何都要回去。

一點胃口也沒有，小嵐硬是吃了半碗麪條，就出門了。今天是在廠景拍戲，所以她徑自回了電視台。

回到劇組，工作人員和今天有戲分的演員差不多都到了，大家見小嵐臉色不大好，都關心地問她昨天有沒有着涼，她笑着搖頭，説沒事。

今天拍的是小靜在逃亡的路上跟婢女珠兒失散了，她一個人經歷千辛萬苦，去到抗戰部隊，終於找到了表哥。

故事寫她跑了多天的路，身上髒兮兮的，衣服也破破爛爛的，那樣子要多慘有多慘。因為她今天臉色本來就是慘白慘白的，所以化妝師也不用怎麼給她化妝，往臉上手上塗了點表示髒東西的灰黑油彩，讓她

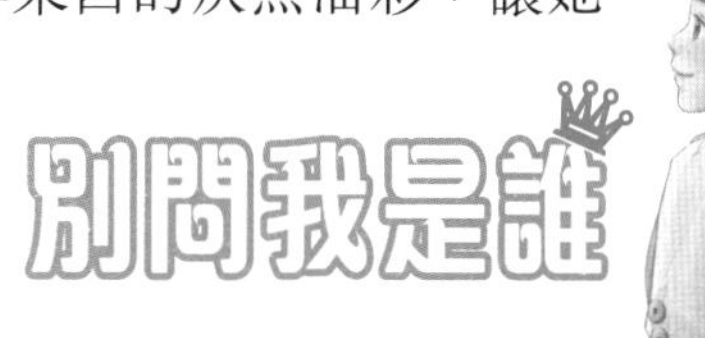

穿上已準備好的破爛衣裳，就已經符合劇中的角色造型了。

化好妝出來，剛好碰到了剛趕到的萬華，萬華看了她一眼，見她臉色很不好，精神很是憔悴，還以為她已經代入了角色，所以也沒多想。跟她匆匆打了聲招呼，就急着去了化妝間。

一個小時後，演員都化好了妝，攝影機也找好了位置，朱導演一聲令下：「各方準備，演員埋位！」拍攝開始了。

「第五場第一次拍攝，開始！」朱導演喊了一聲。

人工搭建的指揮部內，當了司令部參謀的表哥白曉天正坐在辦公台前寫着什麼，突然有警衛進來，喊了一聲：「報告！」

白曉天說：「進來！」

警衛啪地敬了個禮，說：「報告白參謀，有人找您。」

白曉天扭過頭看着警衛，問道：「什麼人？」

警衛說：「報告白參謀，是個女孩，她說是您的表妹。」

「表妹？!」白曉天大吃一驚，他「砰」地站了起來。

警衛閃到一邊，只見門口處，一個美麗又纖瘦的女孩站在那裏，用那雙顯得更大更黑的眼眸定定地看着白曉天，她的臉白得像一張紙，她的嘴唇沒有了以往的紅潤，她的身體抖動得厲害。

「小靜！」白曉天喊了一聲，朝小靜跑了過去，一把摟住了小表妹。

「表哥……」小靜輕輕地喊了一聲，就倒在了表哥的懷裏。

所有人，包括朱導演，包括其他演員和工作人員，也包括萬華，都情不自禁地在心裏為小嵐喊了聲：「演得真好，絕了！」

朱導演喊了聲：「停，通過。」然後滿意地翹了翹大拇指。

可萬華很快就覺得不對頭了。懷裏的小嵐直往下掉，他快要抱不住了，他這時才驚覺，小嵐的身體燙得像個火爐一樣，人也陷入了昏迷。

「小楠，小楠！」他不禁驚叫起來。

「怎麼了？」朱導演見情況不對，忙跑了過去。

萬華這時已把小嵐橫抱了起來，他對朱導演說：「她在發高燒，得馬上送院！」

說完，抱着小嵐撩開長腿就往外奔去。

小嵐因為昨天在水裏泡久了，着了涼，發燒

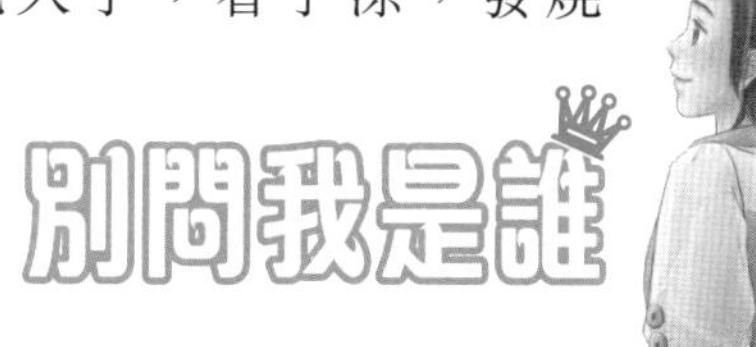

四十一度。醫生説，幸虧送院早，要不這樣的高燒還真有點危險呢！現在不要緊了，打兩天吊針，休息幾天，就能恢復。

萬華聽了才放下心。他打電話把情況告訴了朱導演，然後拿了張椅子，坐在小嵐的病牀旁邊。

漂亮的女孩靜靜地躺在牀上，臉色白得像一張紙，萬華忍不住憐惜地拿起她一隻手，放在手心溫暖着。

過了一會兒，小嵐的睫毛抖了幾抖，接着，睜開了那雙黑亮的眼睛。

「啊，你醒啦！」萬華驚喜地説。

「萬卡哥哥……」小嵐虛弱地喊了一聲。

這是萬華第二次聽到小嵐叫他萬卡哥哥了，他心裏總是以為是小嵐記錯了他的名字，或者是他自己聽錯了，所以也沒有特別去糾正。他伸手摸摸小嵐的前額，好像沒之前那麼燙手了，放了點心，又問道：「覺得怎樣，有什麼不舒服嗎？」

小嵐小聲説：「只是頭有點痛。」

萬華溫柔地説：「閉上眼睛，再睡一會兒吧。再醒來的時候，燒就全退了。」

「謝謝！」小嵐説完，聽話地閉上了眼睛。

小嵐再一次醒來，已經是傍晚了，見到萬華在埋頭看書，便喚了一聲：「萬總！」

「醒啦？」萬華邊說邊摸了摸小嵐的額頭，「咦，燒好像全退了。」

小嵐有點不好意思：「你那麼忙，還在這裏陪我。謝謝你了！」

「不用謝！反正我已經安排好今天一天拍和你的對手戲的，既然你病了沒法拍，我就趁機躲躲懶，看看書，多好！」萬華笑着說，他又問，「肚子餓嗎？要不要吃點東西？醫生說，你現在只能吃麪條或者粥之類容易消化的東西。」

小嵐早上就吃了麪，已經不想吃了，便說：「我要吃粥，豬肝粥。」

萬華搖搖頭，說：「豬肝粥？不好不好，那豬肝難消化，吃桂圓肉小米粥吧，我小時候病了，我媽就給我吃這個。我馬上打電話叫我家工人買了送來。」

他馬上打電話：「……對，桂圓肉小米粥，趕快開車去買，我要半小時之內送到。送到中心醫院十一樓三號病房，對！」

放下電話，他又對小嵐說：「很快送到。」

小嵐聽他說起小時候的事，心裏想，連小時候的事都記得，怎麼就沒有了萬卡原來的記憶呢？要是他記得自己是萬卡多好啊，就可以一起想辦法找曉晴曉

星他們，也可以一齊想辦法回到烏莎努爾了。她不禁輕輕歎了口氣。

萬華見她歎氣，急忙問：「是不是頭還痛？」

小嵐搖搖頭：「我只是想起了我的哥哥，他失憶了，把我忘了，我不知道該怎麼辦。」

萬華並不了解程小楠的家庭情況，聽她這麼說，心裏也替她難過，便安慰說：「放心好了，好人有好報，終有一天你哥哥會恢復記憶，想起你的。」

「謝謝。」

第 13 章　百萬粉絲

由於劇組全體人員的努力，《大地烽火》兩個月時間便完成了拍攝，比原來計劃提前了半個月，把朱導演喜得一天到晚合不攏嘴。

電視劇後期製作一個月後完成，開始在電視台黃金時段播放了。首播當日，小嵐飾演的女二號小靜就引起熱議，那清純美麗的學生形像，被廣大觀眾所喜歡。

接下來的日子，《大地烽火》的熱潮繼續升溫，網上和各種論壇上每天都出現對《大地烽火》的討論，而多數的議論都集中在小靜這個人物身上，人們都在大讚演出者程小楠的演技和出色外形。

程小楠的名字也成為了網上熱搜，人們都在追蹤這突然冒出來的新進藝人，查探她的來歷。不過，不管人們怎樣深挖，硬是找不到程小楠的有關資料。

小嵐來到這世界後，因為手頭並不寬裕，所以一直沒有買電腦，連唯一的手機也只買了一個二手的，而且不是智能手機，無法上互聯網，所以對這些事一無所知。直到那個一直關心她的徐文婷一個電話把她叫去了醫院，打開電腦讓她看，她才驚訝地發現自己

已經成了網上大熱。

「哎喲小楠，你可真厲害呀，幾個月不見，你竟然就成了明星，你真是真人不露相啊！……」徐文婷本來就話多，這下更是滔滔不絕了，「你今天不留個一兩小時就別想走了，我們醫院的小護士，還有很多醫生，都喜歡你，都要找你簽名呢！」

話沒說完，就看見護士休息室外面有人探頭探腦的，徐文婷喊了一聲：「鬼鬼祟祟幹什麼，快進來吧！我們家小楠最乖了，想簽名的，儘管來！」

小嵐以前寫書的時候，就常給讀者簽名，所以面對一班熱情洋溢、吱吱喳喳的小護士，也能從容應對，好不容易打發走了她們，徐文婷還不讓小嵐走。

「哎，你乾脆在『迅傳』上注冊個帳號，把你的劇照呀拍攝花絮呀放上去，讓喜歡你的人都能看到。你不知道小護士們之前搜你的資料搜半天都沒搜到，她們可失望了。」熱情的徐文婷就去摸小嵐口袋，把小嵐的手機摸出來。

小嵐聽徐文婷說什麼「迅傳」，開始時還莫名其妙的，不知是什麼東西，聽着聽着，就明白應是地球上「微博」、「臉書」一類的社羣媒體。

徐文婷拿着小嵐的手機大驚小怪地嚷着：「天哪，你還算是現代人嗎？怎麼還用這個只能打電話和照幾張小相的老古董！快把它扔了，買個智能的。」

「不許扔！」小嵐趕緊把手機搶回來。

「算了算了，我先替你注冊一個帳號，等你換了手機再使用吧！」熱心的徐文婷用程小楠的名字，給她注冊了一個「迅傳」帳號。

她又從小嵐手機裏隨便找了兩張照片發了上去。一張是小嵐演戲時的劇照，一張是小嵐素顏照。劇照是工作人員替她拍的，小靜白衣長裙一身學生打扮站在小河邊，手裏拿着一朵小黃菊，放在鼻子下嗅着。在背景青山綠水的襯托下，小女孩就像清麗動人的美麗小精靈。

素顏照是小嵐卸妝後拍的，穿着一件白色T袖，一條牛仔褲，臉上沒化妝，但仍舊唇紅齒白，眼睛晶亮有神，笑容就像陽光般燦爛。

這時有人喊徐文婷當值時間到了，徐文婷才依依不捨地放走了小嵐。

不過小嵐走了幾步又被她喊住了：「小楠，我也是萬華的鐵粉哦，可以替我向他要一個簽名嗎？」

見到小嵐點頭，徐文婷才歡呼着跑掉了。

小嵐剛走出醫院大門，就聽到手機響。

「程小楠？」是萬華熟悉的聲音。

「是的！什麼事？」

「我速遞了一樣東西到你家，應該今天會送到，你留意一下。」

「啊，什麼東西？」

「你回去就知道了。」

小嵐放下電話，嘟噥着：「神神秘秘的！」

小嵐去超市買了些食材和日用品，然後慢吞吞走回家。

剛走到大廈樓下，就聽到樓上傳來高八度的尖叫聲：「嘿，嘿，小美女，這裏，這裏！」

小嵐抬頭一看，就見到包租婆從她家的窗口朝自己招手：「剛才有人送速遞來，我替你收了，快上來拿！」

小嵐想一定是萬華說的那速遞，於是蹬蹬蹬跑上了四樓。

包租婆已在門口等着，一見小嵐，就把一個用包裝紙包着的、長方型的東西塞到她手裏。小嵐說了聲謝謝，便轉身想走。包租婆卻一把拉住她，嘴裏嘮嘮叨叨地說着：「小美女，沒想到呵，成網紅啦，照片滿天飛，包租婆我也臉上有光啊！你今晚別出門，在家等着。」

「幹嗎？」

「我的親戚朋友都說要來見見你呢！七個大姑

八個大姨，五個表姐表妹，還有表姐的表姨的堂侄媳，我大表哥的表姑媽的外甥女，我大姨父的表妹，還有……」

小嵐沒聽完就跑掉了。只聽得包租婆在身後大喊：「行不行嘛？最多我答應你以後遲兩天交房租……」

回家打盒子一看，竟是一個智能手機，還附送一年上網。手機上面還貼了萬卡的一張字條：這是公司給你的手機，方便聯絡。有時間上「迅傳」看看，和粉絲互動一下。

「萬卡哥哥，你這手機真是及時雨啊！」小嵐小聲嘀咕着。

其實小嵐的小心眼裏也是想上網看看觀眾對自己的評價的，畢竟是自己拍的第一部電視劇啊！

按徐文婷給的密碼，登入了程小楠的「迅傳」帳號，小嵐馬上目瞪口呆。

發生了什麼事？原來，離徐文婷替小嵐在「迅傳」注冊並發照片才過了一個多小時，就有很多人轉發了她的「迅傳」！

這程小楠就是人們在網上千呼萬喚找不出來的那個小靜啊！

醫院包括徐文婷在內的護士醫生轉發了，《大地

烽火》劇組的工作人員轉發了，連萬華和寧燕俠兩個大明星也轉發了，轉眼間，轉發數量就超過八萬！

令小嵐詫異的還在後頭，隨着《大地烽火》的熱播，一個星期之後，小嵐的「迅傳」粉絲就破了百萬。

無心插柳柳成蔭，小嵐在這個異世界裏紅了。

到電視劇播到一半時，粉絲們自發地成立了一個程小楠後援會，名字叫「藍精靈」。

第 14 章　被大猩猩欺負的曉晴曉星

小嵐因為人氣旺盛，電視台很快又安排了一部叫《幸福家庭》的電視劇，讓小嵐在劇中演大配角，即是故事中幸福家庭的女兒張可瑩。電視劇拍好剛播出幾集，她就以漂亮可愛的外形，精靈活潑的性格，得到了觀眾的喜愛。

小嵐每天拍完戲回家，都要上「迅傳」，放幾張工作照，看看粉絲們的留言：

「小楠小妹妹，加油啊，我們挺你一萬年！」

「小楠，好好吃飯，你太瘦了！」

「楠妹妹，你好棒啊啊啊啊啊啊啊啊！」

「楠姐姐，請到我的書包來，我想把你帶回家，陪我做功課陪我玩！」

「我奶奶也是小楠粉！天哪，難道我們的「藍精靈」要迎接老人家了嗎？」

……

粉絲的支持成了小嵐的精神支柱，只有這時候，才沖淡了她對親人和朋友的思念。

這天，小嵐在電視台一廠拍《幸福家庭》第二十

集，拍完自己的戲分，就獲朱導演格外開恩，準她早點回家休息。

小嵐這段時間忙得常常要加班加點，每晚拍完戲回到家都已經深夜了，難得今日下午就可以走，趁機回家洗洗被單抹抹地板，收拾一下凌亂的家居。

走出電視城，小嵐就聽到了一陣嘈雜聲音。一看原來是工作人員在外面小廣場上挑臨時演員。五六十個不同年齡的人在擠着擁着跳着，朝那個年輕工人員嚷嚷：「選我，選我！」

小嵐突然停住腳步，她聽到這裏面有一把聲音似乎有點熟悉，於是轉頭看去。但那一堆人裏面人頭湧湧，亂糟糟的，看不清模樣。她搖了搖頭，轉身準備離開了。

「選我選我！我英俊瀟灑、玉樹臨風、身手靈活、聰明伶俐……」一把男孩的聲音。

小嵐心裏打了個顫，眼睛圓睜，天哪，曉星！

她猛一轉身，朝那堆人大喊道：「曉星，是你嗎？是你嗎？」

「小嵐姐姐！」一個個子比小嵐略矮的男孩，大喊着從人堆跑出來，朝小嵐狂奔。

「小嵐！」緊接着，又是一個女孩朝她跑來。

「曉星，曉晴，真是你們啊！可想死我了！」小嵐張開兩隻手臂，把跑過來的兩個人全摟進懷裏，淚水忍不住嘩嘩往下流。

三個人哭作一團。

「嗚嗚，小嵐姐姐，我好想你！你不知道，找不到你和萬卡哥哥，我和姐姐差點變成乞丐了！」曉星委屈地抽泣着。

「嗚嗚，小嵐，你怎麼不找我們哪，我們這段日子好慘啊！」曉晴哭得髒兮兮的臉上開了幾條小渠。

「別哭別哭！」小嵐掏出紙巾，替他們擦着眼淚。

那兩姐弟越哭越起勁，弄得周圍的人都在看他們。有人認出小嵐來了，開始指指點點的。小嵐趕緊拉着曉晴曉星離開了。

電視台旁邊有一家快餐店，曉星停在門口不走了，拉了拉小嵐的袖子：「小嵐姐姐，我想吃醬油雞腿。」

曉晴也點頭：「嗯嗯嗯，我也想吃，我想要炸雞。」

「好好好，我帶你們去吃！」小嵐把他們帶進快餐店，給他們叫了油雞腿飯和炸雞餐。

見到那兩姐弟像餓鬼似的，飛快地吃着，小嵐好心酸，不知道這兩個嬌生慣養的傢伙受了多大的苦

呢！

曉星吃完一份油雞腿飯，用舌頭舔着手指，眼睛卻不住地瞅着曉晴那份炸雞。

「小嵐姐姐，我想……」

小嵐知道這傢伙嘴饞，便又替他叫了一份炸雞。

直到兩人吃飽喝足，小嵐才問起他們這幾個月來的情況。

「小嵐姐姐，我們好慘，呃……」曉星打了飽呃，接着說，「我和姐姐掉下來，身上又沒有錢，餓了一天一夜，實在熬不住，已經撿了個破碗準備在街邊擺攤討飯了。後來經過動物園門口，看到貼着一張招聘告示，我們就報名了，結果應聘成功，當了飼養員。動物園讓我們簽了一年合同，當學徒，包吃包住，但沒有工錢發。」

小嵐喝了一口果汁，說：「動物園飼養員？不錯哦，你不是喜歡小動物嗎？正如你願呢！」

「呃！唉，我開始還跟你想的一樣，以為是很好玩的工作，誰知道動物園讓我們去餵大猩猩。」曉星樣子有點尷尬。

小嵐睜大眼睛：「啊，餵大猩猩！」

曉星委屈地說：「小嵐姐姐，那大猩猩好壞，經常欺負我們。」

「大猩猩欺負你們？」小嵐真是無語。

曉晴接着控訴：「是呀，那大猩猩可討厭了，吃東西吃得到處都是，又不肯洗澡，我們責備牠，牠就朝我們吐口水。唉，髒死了！」

曉星深惡痛絕：「是呀是呀，簡直是街頭小混混一個。牠還喜歡勾搭住隔壁的女孩……」

「啊，勾搭隔壁的女孩？」小嵐有點不可思議。

曉星解釋說：「哦，是指牠們猩猩的女孩，女猩猩。牠隔着鐵欄給隔壁那些女猩猩表演健美操，又扮金剛泰山一邊捶胸口一邊噢噢叫。有一次還扮大力士，一手把我舉過頭，唔，嚇死我了！」

曉晴氣哼哼地說：「牠還老是用爪子揪我的頭髮，揪得我好痛。那些日子好難熬啊，實在忍受不了，我們就在昨天晚上偷偷跑了。」

「是呀是呀，實在令人忍無可忍！」曉星氣呼呼的，又接着說，「我們怕被動物園抓回去，告我們違約要我們賠錢，就在街心公園藏了一晚，到天亮才出來找工作。剛好碰到電視台請臨時演員，就想爭取一下，沒想到會遇到小嵐姐姐，還吃上了雞腿，真是好幸福啊！」

曉晴吃完最後一口雞肉，用紙巾擦擦手，問道：「小嵐，這段日子過得好嗎？你也來應聘當臨時演

嚇死我了！

員？」

「噢，不是。我現在是電視台的合約藝人，已經演了幾部電視劇了。」小嵐說。

「哇，太棒了！」曉星拍着手，「小嵐姐姐你好厲害，來到這異時空也能混娛樂圈，果然是天下事難不倒的小嵐姐姐啊！」

曉晴問：「小嵐，萬卡哥哥跟你在一起嗎？」

「嗯。」小嵐點點頭，但馬上又搖了搖頭，「不！」

曉星很奇怪：「小嵐姐姐，那究竟萬卡哥哥是跟你在一起，還是不在一起？」

「一言難盡。這個萬卡哥哥外貌是萬卡哥哥，但名字不叫萬卡，身分也不一樣。」

「啊，小嵐，我怎麼越聽越糊塗！」曉晴張口結舌地看着小嵐。

曉星也說：「小嵐姐姐，究竟是怎麼回事？」

小嵐歎了口氣：「好吧，那我再說得明白一點。在這裏，我遇到一個相貌長得跟萬卡哥哥一模一樣的人，但他的名字叫萬華，他的身分是天星電視台老闆的兒子，副總裁，同時也是一名很出名的藝人。」

「啊！」曉晴和曉星嘴巴張得大大的，一時間消化不了這件奇怪的事。

過了一會兒，曉晴才回過神來，問道：「那小嵐你跟他談過沒有，他會不會實際上是萬卡哥哥呀？」

小嵐搖搖頭：「我好幾次漏了嘴喊他萬卡哥哥，但他都顯得莫名其妙的。我跟他説過我有個哥哥失憶了，他也只是安慰我總有一天會恢復記憶的。」

曉星困惑地撓撓腦袋：「啊，怎會這樣呢？真是好奇怪哦！」

小嵐又説：「還有奇怪的呢！我為什麼能在電視台當上藝人，是因為我沾了別人的光，我現在的身分是合約藝人程小楠……」

小嵐一五一十地把自己來到綠桉國後發生的事説了。

曉晴睜大眼睛，一臉的不可思議：「我和曉星來到這裏，還保留着原來的身分、原來的記憶；小嵐來到這裏，身分變了但原來記憶還在；而萬卡哥哥呢，不但身分變了，而且記憶也變成另外的記憶。哇，我們這次穿越時空來到這裏，出現的情況比任何一次穿越時空都要複雜啊！」

曉星説：「那怎辦呢？等以後時空器修好了，我們要回家，那萬卡哥哥怎麼辦呢？把他砸昏了帶回去好了。」

曉晴説：「不行！要是把他砸傻了怎麼辦？還

有，要是他真的不是萬卡哥哥，只是長得跟萬卡哥哥一樣的另外一個人，那……」

「哎哎哎，慢着！」小嵐打斷了曉晴的話，「剛才曉星說什麼？時空器壞了？」

「是呀！」曉星洩氣地從口袋裏拿出時空器，「喏，掉地上摔壞了，怎樣弄也沒顯示呢！」

小嵐拿過時空器，在上面撳了好一會兒，時空器都沒有亮起燈，不由得大皺眉頭。這下問題嚴重了，沒了時空器，難道要一輩子留在這綠桉國嗎？

第 15 章　我也是大明星

「小嵐姐姐，這牀好舒服啊！」曉星一到小嵐家，就撲到牀上滾來滾去，自個兒玩得挺開心的。

「白癡！」曉晴實在沒眼看。

其實也難怪曉星。在動物園睡了一個多月的硬板牀，難得小嵐這牀有軟軟的牀墊，他怎麼不興奮呢！

小嵐忙着給他們準備牀鋪。曉晴跟自己一張牀睡，曉星就只能當「廳長」睡沙發了。

曉星看見桌上小嵐的手機馬上兩眼放光芒，一把抓在手裏：「幾個月沒用手機了，真是想死我了！」

他邊說邊「嘟嘟嘟」點撥着手機來上網。翻了一會兒，他骨碌一下坐了起來，眼睛瞪得圓溜溜的：「哇，小嵐姐姐你原來這麼紅！這「迅傳」等於我們世界的微博嗎？哇，好厲害，小嵐姐姐，你看，你「迅傳」的訊息這兩天有兩千多條，留言五千多條，你成網紅了！」

曉晴去搶手機：「讓我看看，讓我看看！」

兩人搶作一團，後來還是頭挨頭、資源共享了。

「哇！」

「哇！」

兩姐弟兩眼直冒小星星。

曉晴突然喊起來：「我也要當藝人！」

曉星也跟着喊：「我也要當，我也要當！」

「當什麼當！」小嵐瞪了他們一眼，說，「你們以為娛樂圈好呆嗎？」

曉晴說：「我要看明星，我要看帥哥，我想看拍戲！」

曉星說：「我想體現一下生活。以後我要寫一本書，叫《穿越之曉星混娛樂圈》。」

小嵐看這兩傢伙不依不饒的，想想早兩天公司要自己找助理的事，心想不如讓他們當助理好了。雖然極有可能「助」不了，也不會「理」，到頭來還得自己去侍候他們，但總比這兩傢伙自作聰明捅出什麼漏子好點。

「噢耶！小嵐姐姐，我就負責給你管理『迅傳』！我多開些帳號，給你漲粉絲！」曉星一聽讓他當助理便開始自選工作。

「小嵐，那我幹什麼？」曉晴十分興奮。

小嵐想了想，說：「幫我管管服裝，取取盒飯，擋擋狗仔隊。暫時這些。」

「好啊，這些事我能幹好！」曉晴也很滿意。

第二天，兩個助理便走馬上任了。曉晴和曉星跟

着小嵐走進了電視台。今天的幾場戲都是在台裏的廠景內拍。

「嗨，姐姐好，哥哥好，我是小嵐姐姐新助理，我叫曉星。」曉星一來就在劇組裏混了個臉熟，不分老少全都哥哥姐姐地叫，弄得一幫人都說他乖說他可愛。

曉晴嘴沒弟弟甜，但她一走進電視城就自動開啟花癡模式，滿世界追着那些帥哥美女拍合照，把小嵐囑她去取戲服的事完全忘了。

找了兩個不靠譜的助理，小嵐只好只自認倒楣。化好妝後又急急忙忙去取戲服，穿好就入了影棚站好位。

正式拍時，兩個人又不知從哪裏突然冒了出來，站在導演身邊，興味盎然地看着。

這一場戲說的是張可瑩的奶奶去菜市場買菜時，突然昏倒送院。爸爸媽媽在醫院打電話給家裏的可瑩，但可瑩卻戴着耳機聽音樂，沒聽到電話鈴響，姐姐可晶便跑回家通知可瑩。現在要拍的就是可晶衝進書房，告訴可瑩奶奶住院的事。

導演喊：「開始！」

小嵐坐在書房裏低着頭做作業，扮演可晶的女演員陳瑾「碰」地推開書房門，氣吁吁的。小嵐聽到聲響，抬頭，望向陳瑾，陳瑾是新人經驗不足，一緊張就説錯了：「奶奶，可瑩進醫院了！」

「哄」的一聲，大家都樂了。曉星笑得最誇張，他捂着肚子，笑得彎了腰：「哈哈哈，笑死人了，小嵐姐姐做奶奶了。」

導演也忍不住笑了，他喊道：「再來，開始！」

小嵐坐在書房裏繼續低頭做作業，陳瑾「碰」地推開書房門，喘着大氣。小嵐聽到聲響抬起頭，驚訝地望向陳瑾，陳瑾對她説：「可瑩，奶奶進醫院了！」

這次沒錯，導演卻皺皺眉頭，説：「陳瑾，語氣急促些，表示你心裏焦慮。」

於是又要重拍了。曉星記得以前看拍戲，都不是很介意即場拍攝時的對話説得好不好，因為後期還要再錄一次音的。他小聲問問旁邊陳瑾的助理，才知道在這個地方，拍戲是同步錄音，後期製作不會重新錄一次。

之後重拍了一次又一次，導演對陳瑾的表演一直不滿意，不是因為她表情不夠真實，就是因為她動作太僵硬，或者説話咬字不清晰，結果拍了十幾二十條才通過。看看時間，光是拍這短短的一組鏡頭，就用了四十五分鐘。

曉晴有點不可思議，問身旁的工作人員：「這位導演跟扮演可晶的藝人有仇嗎？這樣折騰人家。」

那工作人員搖搖頭，說：「沒有的事。這位馬導演是行內出名認真的，他要求每一場每一個鏡頭都要完美，他說不能對不起觀眾。」

曉星說：「這位導演伯伯好酷啊，我喜歡。」

這時小嵐朝他們走了過來，曉晴曉星拉着她吱吱喳喳地談觀感。

這時，離他們幾米遠的正副導演正在說着什麼，兩人的樣子都很鬱悶。原來是剛接到電話，飾演可瑩弟弟的同學的一個小演員臨時不能來了。

「因為考試沒拿到第一名，不開心，就不來了？什麼鬼理由啊！現在的孩子，怎麼就這樣沒責任感！」馬導演氣得鬍子一翹一翹的，「這是在廠景拍的最後一組戲了，拍完我們明天就拍外景，為了這孩子一個人，我們大班人馬以後還得安排時間，特地回廠拍他十來分鐘的戲！」

副導演唉聲歎氣：「連他家長都沒辦法，總不能把他綁來啊！」

「哼！」馬導演一屁股坐在導演椅上生悶氣。

這邊小嵐和曉晴曉星仍在開心地聊着，曉星不知說了什麼捉弄曉晴的話，曉晴要打弟弟，曉星卻躲在小嵐身後，朝他姐姐眼睛一眨一眨的，那模樣精靈古怪、調皮搗蛋的。

馬導演的眼睛無意中看了過來，他定定地瞧了一會兒，突然興奮地對副導演說：「你看那男孩子……」

沒想到那副導演也正瞧着那個搗蛋鬼，聽導演這麼一說就知道他想幹什麼，急忙說：「我叫他來聊聊。」

曉星聽到導演找他，還以為自己做了什麼錯事，站在馬導演面前一臉的忐忑。馬導演沒作聲，把曉星上下打量了一下，一拍大腿，說：「行，就他了。」

曉星丈八金剛摸不着頭腦，這時馬導演對他說：「小傢伙，想演戲不？」

「演戲？」曉星眼睛一亮，「想啊！伯伯，您想讓我演電視劇？」

馬導演笑着點點頭。

曉晴在一邊聽見，馬上急了：「選我選我選我，我想演！」

馬導演聳聳肩：「我要的是男孩，不是女孩。」

曉晴嘴巴撅得可以掛瓶子：「導演伯伯，你重男輕女。」

馬導演哈哈大笑：「劇情要求是男孩，沒辦法。」

馬導演讓化妝師給曉星化妝，小男孩也不需要什麼太濃的妝，一下子就弄好了。

馬導演給曉星講戲，告訴他演的是可瑩弟弟的同班同學。可瑩弟弟叫可奇，這場戲是拍可奇被媽媽留在家裏，不完成功課不讓離開。而曉星的角色，就是花言巧語地哄可奇跟他一塊去買飛機模型。

這場戲兩名小演員都相當出色，拍第二遍便通過了。演可奇的小演員因為是個童星，已演過許多部電視劇，兩次通過並不出奇，但第一次拍劇的曉星演得這麼自然，就讓導演大為驚訝了。其實他不知道，這是曉星的本色演出，當然自然了。

「我也是大明星了！」自那刻起，曉星的尾巴就翹得高高的，一直沒放下過。

第 16 章　萬卡哥哥的雙胞胎兄弟？

這天是拍外景戲，拍戲的地點在一個小山崗上，戲的內容是可瑩去看望哥哥。可瑩哥哥可望是一名勘探隊員，長年累月都在深山大嶺紮營，尋找礦藏。

這天的故事是拍攝可瑩去到勘探隊，受到勘探隊員的熱烈歡迎。然後哥哥可望就帶着可瑩去登山，還給她講了很多勘探礦藏的知識和趣事。

曉星看了一會兒，想起自己作為助手的任務，就離開拍戲地點，找到一處樹蔭坐下，拿出手機給小嵐在「迅傳」上發布消息。

周圍很安靜，只聽到小鳥兒啾啾叫着，還有風吹樹葉發出的嘩嘩聲響。

一陣腳步聲驚動了曉星，他抬頭一看，發現有人沿着那條山間小路走了上來。

曉星感到一陣熟悉的感覺，再細看，立刻跳了起來，激動地大喊起來：「萬卡哥哥，萬卡哥哥！」

他邊喊邊跑過去，撲向那人懷裏。喊叫變成了大哭：「嗚嗚嗚，萬卡哥哥，你究竟去哪裏了，我們好想你呀！」

「小弟弟，你……」走來的那人是萬華。

萬華因為最近剛好完成了一部長劇，又暫時沒有接新劇，留出一些時間履行一下副總裁的責任，到各個劇組巡視一下。今天安排來《幸福家庭》外景地看看，沒想到目的地沒到，便被這撲出來的男孩子嚇了一大跳。

曉星的行為讓他十分吃驚，因為他並不認識面前這個激動萬分的男孩子。

「萬卡哥哥？」困惑中的萬華突然想起，小楠不也這樣叫過自己嗎？

這男孩跟小楠有什麼關係？他們為什麼都叫自己做萬卡哥哥？心中疑團越來越大，萬華拍拍曉星肩膀，帶着他到路旁一塊大石坐了下來。

曉星一直抓着萬華一隻胳膊不放，彷彿怕他會一下子消失似的。萬卡用另一隻手拿出一張紙巾，給曉星擦眼淚。

「小弟弟，你為什麼叫我萬卡哥哥？」

曉星愣了愣，他看了萬華一眼，驚訝地問：「我為什麼不能叫你萬卡哥哥？你就是萬卡哥哥呀！」

萬華笑了笑，說：「我真的不叫萬卡，我叫萬華。」

「萬華？!」曉星突然想起小嵐跟他們說過的，那個跟萬卡哥哥很像的電視台副總裁、大明星萬華。

天底下哪有這麼像的人呢？曉星定睛看着面前的人，這一定是萬卡哥哥，他一定是失憶了！

他使勁搖着萬華的胳膊，彷彿這樣就可以把他搖醒似的：「你就是萬卡哥哥，就是！你忘了嗎？我是曉星，你跟我還有小嵐姐姐曉晴姐姐，是很好很好的朋友，好得就像親兄弟姐妹那樣。」

萬華困擾地搖搖頭，他真的不認識這孩子啊！名字沒聽過，人也第一次見。

曉星見萬華還是記不起來，繼續說：「萬卡哥哥，你還記得烏莎努爾嗎？還記得笨笨嗎？還記得……」

烏莎努爾？簡直連聽也沒聽過。笨笨是誰呀？想不起認識叫這個名字的人。看着曉星一點不像開玩笑的樣子，萬華越來越確定這小孩認錯人了。

他拍拍曉星的肩膀，說：「小朋友，雖然我知道你很想找到你的萬卡哥哥，但很遺憾，我真的不是他。我根本不知道什麼烏莎努爾，也不認識笨笨。」

曉星一下子變得像個洩了氣的皮球，沒精打采地低下頭，心想，這個哥哥連烏莎努爾王國都不知道，連笨笨那麼可愛的豬豬都沒印象，就很可能不是萬卡哥哥了，那萬卡哥哥上哪裏去了呢？

「曉星，曉星！」有人在喊。

原來是小嵐拍完戲不見了曉星，跟曉晴到處找他。

見到萬華和曉星坐在一起，小嵐不禁愣了愣。而旁邊的曉晴已經尖叫一聲，跑了過去。

「萬卡哥哥，我們終於找到你了！」曉晴激動地抓住萬華的手。

曉星拉了拉姐姐的衣袖：「姐姐，這哥哥不是萬卡哥哥。」

「怎麼不是，分明就是萬卡哥哥嘛！」曉晴眼睛睜得大大的，「咦，難道你是小嵐說的那個副總裁？」

萬華笑笑說：「對，我是電視台副總裁萬華，不是你們的萬卡哥哥。」

曉晴放開抓着萬華的手，一臉的訝異：「啊，怎麼這樣像呢！雙胞胎也沒這樣像，相貌、身材、聲音……啊，對了對了，你是萬卡哥哥的雙胞胎兄弟！一定是！」

小嵐走過來，對萬華說：「不好意思，我們老認錯你。不過，你真是跟萬卡哥哥太像了。」

萬華見到三個孩子怏怏不樂的樣子，心裏也替他們難受，他揉揉曉星的腦袋，說：「別難過，我可以幫忙打聽一下萬卡的下落。還有，在你們的萬卡哥哥沒找到之前，就把我當成他吧！我也可以代替他照顧你們。」

「真的嗎？謝謝哥哥！」曉星像隻小貓一樣把腦袋往萬華的手蹭了蹭。

小嵐和曉晴也很開心，她們實在是不習慣沒有萬卡哥哥的日子。而且小嵐還存了一絲希望，萬一萬華真是失了憶的萬卡，那通過彼此多接觸，說不定能喚起他的記憶。

從外景地回電視台，小嵐三人坐的是萬華的車，萬華履行了自己的承諾，負起了照顧他們的責任。

曉星坐在副駕駛座，他不時笑瞇瞇地轉頭看看萬華，心裏充滿失而復得的喜悅，他真把萬華當成萬卡了。

小轎車轉入了市區，小嵐見不是回電視台的路，便提醒說：「萬總，怎麼不是回電視台？」

「以後你們都叫我萬華哥哥吧！」萬華邊留意着前面路況，邊說，「這個時間是下班的高峯，公車不好坐，我直接把你們送回家吧！」

「好啊！」曉星拍着手。

小嵐說：「謝謝你的關心，萬華哥哥！」

「不用謝！我相信你們的萬卡哥哥平時也是這樣

關心你們的吧！」萬華說。

曉晴很驕傲地說：「是呀，萬卡哥哥對我們可好了！」

萬華又說：「小楠，台裏準備籌拍台慶劇《丹心報國》，是講述綠桉國古代英雄楚雲飛的。除了已定我扮演楚雲飛之外，其他角色，包括女主角楚雲飛的未婚妻，包括其他男女配角都在挑選中。我向製片人推薦了你去試鏡，演女一號，即楚雲飛的未婚妻李嬈。不過這角色有點難度，是從十六歲少女演到七十五歲老人。」

「哇，我覺得好難哦，小嵐姐姐演十六歲少女正好，但是七十五歲……」曉星怎麼也想像不出小嵐姐姐七十五歲時的樣子。

小嵐卻說：「沒問題，我想去試試。扮演七十五歲老婆婆，太有挑戰性了，我喜歡！」

曉星搖着萬華的胳膊說：「萬華哥哥萬華哥哥，我也要去演《丹心報國》，我早前已經演過戲了，導演伯伯還誇我呢！」

曉晴眼睛一亮，說：「萬華哥哥，我也想參加演出。」

萬華說：「沒問題，我回去看看有什麼適合你們演的角色。」

「太好了！」曉晴和曉星發出歡呼。

小嵐沒作聲，腦子裏已經在考慮怎樣才能演好老婆婆了。

第 17 章　綠桉國的傳奇故事

試鏡在星期二上午，萬華一早來小嵐家接三個孩子去電視台。

坐在車子裏，曉晴和曉星已樂翻了天。因為萬華給他們帶來了好消息，他已經為曉晴爭取到李嬈的閨蜜張俏俏的角色，雖然不是很重要的角色，但是也有七八場戲演。曉星就演楚雲飛的小書僮。

曉星一臉興奮，他問道：「萬華哥哥，《丹心報國》這部電視劇是講什麼的？」

萬華一邊開車一邊給他們介紹這部戲的內容，原來這部戲演的是一千年前發生在綠桉國的一個傳奇故事。那時綠桉共和國還是君主制的國家，叫綠桉王國。當時的綠桉王國是個弱國，常常遭到周邊一些強國的侵略。有一年，鄰近強國大榕國派軍隊入侵，綠桉國皇帝派軍隊抵抗，但因為大榕國軍隊實在太厲害了，綠桉國的軍隊被打得七零八落，死傷嚴重。大榕國軍隊勢如破竹，長驅直入，侵佔許多城市，眼看就要打到京城了。

皇帝和大臣個個人心惶惶，如果京城落到敵人手中，那就意味着要亡國了。正在危急關頭，綠桉王國一名武藝超羣，名叫楚雲飛的少年挺身而出，他號召國內青少年們參軍救亡，組成十萬楚家軍，開往前線，誓要驅逐入侵敵人，保家衛國。楚家軍的少年個個英勇無畏，勢不可擋，在楚雲飛帶領下不斷收復失地，敵國軍隊節節敗退。

綠桉王國的皇帝十分高興，他馬上頒旨，把楚雲飛封為護國將軍，讓他繼續統領楚家軍，把敵人徹底趕出去。

大榕國國王知道這樣下去，他們一定會以失敗告終，便想了一個詭計，用重金收買了綠桉王國的一個壞丞相，讓他施反間計陷害楚雲飛。壞丞相接受賄賂之後，開始在皇帝面前說楚雲飛的壞話，說楚雲飛掌握軍隊，實際懷着狼子野心，把大榕國軍隊趕走之後，下一步就會率領楚家軍攻打京城，篡奪皇位，自己做皇帝。

那個糊塗的皇帝聽信了壞丞相的話，便發了一道聖旨，要楚雲飛回京述職，但楚雲飛一出現，就被抓了起來，關進了大牢。壞丞相要置楚雲飛於死地，便審問楚雲飛，要他承認懷有篡位野心，被楚雲飛痛罵一場。壞丞相沒辦法，便捏造了一些楚雲飛所謂的篡位證據，那糊塗皇帝竟然信了，於是把楚雲飛判了死罪。

楚雲飛很擔心自己死後，楚家軍會因憤怒而發生動亂，甚至會起來造皇帝的反，全軍跑回京城找皇帝報仇，因而讓大榕國敵人有機可乘。他在臨刑前寫了一封信給未婚妻，讓她説服楚家軍以國家利益為重，堅守邊境，直到把敵人趕出去為止。大牢裏一個獄卒很敬佩楚雲飛，他偷偷替楚雲飛把信帶出監獄，送到李嬈手裏。

李嬈收到信時，楚雲飛已被秘密處死，李嬈悲憤交加，真想立即帶領十萬楚家軍打回京城，去找皇帝和壞丞相算賬，為楚雲飛報仇。但想到楚雲飛的遺囑，明白大敵當前，要以國家利益為重，便強忍心頭悲憤，代替楚雲飛統領楚家軍，與入侵的敵人血戰到底。經過十年艱苦的鬥爭，最終取得了抗戰勝利，大榕國宣布投降。

勝利後，李嬈向全國發了一份告全國人民書，揭發楚雲飛死亡的真相，控訴皇帝不顧國家危亡、殺害忠臣的罪行。全國人民憤怒了，他們紛紛要求皇帝下台，要求嚴懲丞相。那糊塗皇帝也知道自己錯了，放是寫下罪己詔，宣布退位，並把皇位傳給了自己兒子。

新皇帝是一名有見識有本領的青年，他處置了壞丞相，為楚雲飛平反，又封李嬈為保國大將軍。但李嬈卻拒絕了，她在楚雲飛的墓旁搭了間房子住下，終生在那裏陪伴楚雲飛。

「哇，好感人啊！」曉星大叫。

「哇，好慘啊！」曉晴大喊。

小嵐沒作聲，但心潮澎湃，為這故事而激動。一個好感人的故事啊！

小嵐家離電視台不遠，説完故事就已經到了大門口。萬華説：「今天我要參加一個重要會議，所以不參加選角了。開完會我回來接你們。」

曉晴説：「萬華哥哥，你怎可以不參加呢！你到時也可以給小嵐一票呀！」

萬華笑笑説：「不用。我相信小楠的水平，我不在，她也一定行的。」

小嵐笑笑説：「謝謝你的信任。」

去到電視台，已有十來個人等在那裏，都是來參加女主角和男女大配角的試鏡的。其中有七八名女藝人，年齡都是大約二十多歲，一個個都長得很漂亮。見了小嵐，她們都露出十分忌憚的目光，那眼神分明是：我的天，勁敵啊！

曉星這個自來熟很快又混進這些人當中了：「哥哥，我是曉星，你知道嗎？我已經內定參演《丹心報國》了。」

「姐姐，我演楚雲飛的小書僮，厲不厲害？」

那些藝人正忐忑着，不知能中選的機會有多大，見到招搖的曉星，就認定他在電視台高層有熟人，便拿出大灰狼誘拐小孩子的方法，圍着他又是哄又是騙的。

「哇，小弟弟，你好厲害哦！告訴哥哥，這次的評委喜歡的男配角是外型硬朗一點的還是文質彬彬一點的……」

「小弟弟，有沒有內幕消息，準備選誰做女主角？你告訴我就把這個明星簽名送給你！」

「小弟弟，這盒巧克力很好吃的，你說給我聽聽……」

曉星吃着人家進貢的巧克力，説話也含糊不清：「內幕消息，有，有很多啊！評委喜歡的男配角嘛，我知道。不是喜歡外型硬朗就是喜歡文質彬彬的啦！誰做女主角，我也知道。不過，一會兒不就都清楚了嗎？我懶得説了……」

那幫人正被他繞得雲裏霧裏的時候，有工作人員出來，叫參加試鏡的人自己抽試鏡序號。輪到小嵐抽時，曉星咋咋呼呼説自己手氣好，要幫小嵐抽，誰知抽到最末的一個號，弄得曉晴咬牙切齒地罵他烏鴉嘴兼倒楣手。

眾所周知，凡參加試鏡，最好是排在不前不後的，排前面的往往成為倒楣蛋，因為一般都不會打高分；排後面的也不好，因為到了最後評委已經疲累，必然沒興趣再細看，所以往往會忽略了這部分的試鏡者。小嵐拿了最後一個的號，顯然會吃虧。

曉星邊躲閃着曉晴的拳頭，邊不服地說：「我們天下事難不倒的小嵐姐姐，才不怕排前還是排後呢！」

這時工作人員來通知所有試鏡藝人去化妝，小嵐警告兩人別再鬧騰，便跟着工作人員走了。

不出所料，輪到小嵐試鏡時，時間已快一點了，參加選角的唐導演和幾名電視台高層都有點疲倦，有的在打呵欠，有的在看手機，有的在托着頭兩眼放空、人在發呆。聽到試鏡室的門響動，大家都本能地往那邊看了一眼。

但就是這一眼，大家的目光就好像被塗了萬能膠一樣，黏在穿了戲服的小嵐身上了。

好一個美麗的古代少女！

瓜子臉、杏核眼，明眸皓齒，玉立亭亭，氣質超凡脫俗，一般面試藝人那種小心、討好、緊張在她身上一點也沒有，只給人高貴大方、氣定神閒的感覺。

所有人都坐直了身子，之前的怠倦全沒了。

「你就是程小楠？」唐導演問道。

「是的。」

「說說你演過的戲。」

「我演過《大地烽火》裏的小靜，還演過《幸福家庭》裏的可瑩。」

幾個人在小聲交換意見：

「她只演過兩部戲，還都是女配角。」

「可惜了，她這外型很不錯。」

「試試吧，如演技不行就放棄。」

於是唐導演對小嵐說：「你演一下吧，就演一個古代小姑娘在花園裏捉蝴蝶的情境。」

「好。」

小嵐開始了。她輕盈地走了幾步，伸出一隻手，凌空輕輕地撫摸着不存在的花朵，眼裏露出喜悅的光。突然，她眼睛往上抬起，驚喜地盯着半空翻飛的蝴蝶，小跑幾步，伸出雙手一合，似是捉到了。但隨即把手緩緩打開，然後眼睛緩緩地轉動，像是追隨着飛走的蝴蝶。把一個在花園裏賞花、撲蝶、放蝶的活潑少女，演得入木三分。

唐導演跟幾名公司高層交換眼神，都微微點頭。這時唐導演又說：「劇中女主角李嬈是一個多才多藝的人，古箏彈得特別好，你對古箏熟悉嗎？」

小嵐毫不猶豫地說：「熟悉。」

唐導演朝工作人員點點頭，工作人員馬上搬來琴桌和椅子，又放了一把古箏在桌子上。

其實這部戲並不要求演員會彈古箏，因為這完全可以找替身，只是希望藝人別連起碼的姿勢都擺不了，所以有這個考核環節。

只是他們都沒想到，小嵐受父母自小薰陶，根本就是一個彈古琴古箏的高手。

小嵐坐下來，想了想，突然想起中國作曲家何占豪寫的那首《臨安遺恨》。這首曲表現了中國南宋民族英雄岳飛被奸臣陷害，囚禁臨安獄中，在赴刑場之前對國家面臨危難的焦慮，對家人處境的掛念，對奸臣當道的憤恨，以及對自己報國無門而引發的感慨。

小嵐覺得這部戲的楚雲飛跟岳飛的故事極像，所以決定彈這首曲子，用來表現楚雲飛的愛國情懷。

小嵐一起手，纖指輕彈，從容優雅，一聲聲音符從指尖瀉出，那驚世風采已使五位選拔人醉倒。但驚喜還在後頭，小嵐並非有姿勢沒實際，她是真的會彈。不，正確地說，她不但真的會彈，而且彈得極好。而最震撼的要算是她彈出的曲子了，簡直是撼人肺腑，還極貼合《丹心報國》這部戲的主題，彷彿是專為這部劇而寫的主題曲。

古箏一開始就採用強有力的和弦與左手大幅度刮奏相結合，強化了音樂的悲憤情緒，確定了音樂內容表現的基調。樂曲由慢漸快、由弱漸強的旋律變化，表達了身處牢獄的英雄憂國憂民的思緒。接下來琴聲變得急速激昂，有如戰馬奔騰，展現了英雄在疆場奮戰殺敵的壯烈場面。之後是一段柔板曲調，如泣如訴的旋律表現出英雄對親人的思念，然後出現的輕快曲調，是對與家人歡聚時的美好情景的回憶。樂曲主題段淳厚的曲調，既展現了英雄豪放的性格特徵，也表達了主人公對自己再也不能報效祖國的傷感，以及對奸臣當道的憤恨之情。最後一段用哀婉平緩的曲調寄託着對英雄的追思。

一曲慷慨豪邁的悲歌，被小嵐演奏得起伏跌宕、震撼人心，令人拍案叫絕。

樂曲彈奏完，小嵐正想起身鞠躬，但她馬上嚇了一跳，因為她發現面前的幾個人全變成泥塑木雕，一個個呆呆地用不可思議的眼光望着她。

這……怎麼啦？這回輪到小嵐發呆了。

還是唐導演首先清醒過來，「啪啪啪……」他首先鼓掌，接着是總導演，幾名副導演。

小嵐回過神來，微笑着朝大家微微欠身，行了個古代少女的禮。

「你彈得太好了！這曲子也太好聽了，簡直跟《丹心報國》是絕配！小姑娘，這曲子叫什麼名字？」

小嵐如實答道：「叫《臨江遺恨》。」

「《臨江遺恨》？天哪，連名字都那麼貼切！綠桉王國當時的京城就是我們現在這個城市，但那時不叫千柏城，是叫臨江城啊！這作曲者是誰，趕快找他，向他買了版權，用來作《丹心報國》這部戲的主題曲。」

「這……這……」小嵐不知怎樣回答，要知道，這作曲者是地球人啊！

那些人見小嵐支支吾吾，似乎有什麼內情，唐導演好像想到了什麼，一拍桌子說：「小姑娘，不知道我猜得對不對，這首《臨江遺恨》根本就是專為《丹心報國》這部戲而寫的，而寫這首曲子的人，就是你！」

「不是不是！」小嵐急忙否認。

頭髮花白的電視台總監說：「小姑娘，在伯伯們面前不必這樣謙虛啊，還是承認了吧！哈哈哈，沒想到，買一送一，選了個好藝人還附帶一首絕妙的曲子！」

唐導演樂得喜上眉梢：「來來來，我們馬上簽約，簽你演女一號李嬈，還簽你的曲子為主題曲。」

小嵐目瞪口呆，冤枉啊，包大人！

唉，真是一班糊塗蟲伯伯。

第 18 章　「我愛星星」粉絲團

這天是《丹心報國》開機的日子，因為要拍全劇組的大合照，所以即使今天暫時沒有戲分的演員，都回了電視台。

幾名主要演員都穿上了戲服，化了妝，因為除了開機儀式，他們還要拍定妝照，和接受記者採訪。

當扮演女主角李嬈的小嵐，和扮演楚雲飛的萬華從化妝室出來時，三個一堆五個一羣閒聊的人們都住了聲，把驚豔的目光投向兩人身上。

萬華雖然演過很多戲，但都是現代劇，這次以古代將軍的扮相出現，頓時使人眼前一亮，原來他穿古裝也這樣帥。一身合身的盔甲突顯他高挑勻稱的身材，立體的五官散發出堅毅和俊美，目光銳利深邃，整個人發出一種攝人的氣勢。

小嵐是少女打扮，一身翠綠色的衣裙，身上飾物不多，但簡簡單單，已散發出驚人的美，令人移不開目光。

「嘩，好帥啊！」

「哇，真美！」

早已守候多時的記者很快從震驚中清醒過來，他們拿起照相機，「咔嚓咔嚓」搶拍起來。一邊拍心裏一邊驚歎，這兩個人每個角度都是這樣完美，真是三百六十度無死角啊！

曉星是最雀躍的人，他見到每個人都驕傲地說一聲：「看，這是我小嵐姐姐和萬華哥哥，美不美？帥不帥？」

曉星忽然從一片讚歎聲中發現了一點不和諧，因為他見到不遠處一棵大樹下站了兩個人，一男一女，都是二十歲不到的年紀。這兩人都死死地盯住小嵐，女的嘴巴撅得高高的，像是很不開心的樣子；男的則黑着臉，好像誰欠了他錢沒還似的。

正好小嵐已拍完照，走過來問曉晴要水喝。曉星指指那邊的一男一女，問：「小嵐姐姐，你認識那兩個人嗎？他們好像怪怪的。」

小嵐一看，原來是袁雪和孔少謙，這才知道他們也參演這部戲。她笑笑說：「當然認識，是袁雪和孔少謙。我剛來到這裏時，讓他們害得可慘了。拍戲時明明是袁雪自己站不穩滾下樓梯，卻反過來冤枉是我推跌她的，弄得我連角色也丟了。幸好萬華哥哥幫我洗脱罪名。後來袁雪也得到報應了，被電視台處罰，合約期內都不能演重要角色……」

曉晴「咦」了一聲，說：「原來這兩個傢伙就是

袁雪和孔少謙啊！剛剛那個管服裝的阿姨告訴我，說這兩個人多次為難小嵐，袁雪還借拍戲的機會打小嵐巴掌，又故意拍戲出錯讓小嵐長時間浸在河裏！」

曉星握着拳頭：「哼，氣死我了！竟然敢欺負我小嵐姐姐！」

小嵐說：「算了算了，反正我也沒什麼損失，而他們已經受到懲罰了。」

記者來找小嵐採訪，小嵐離開了。曉星眼珠骨碌碌轉了一圈，馬上有了主意，他朝曉晴嘀咕了幾句，曉晴馬上笑嘻嘻地從背囊裏拿出早幾天買的一隻遙控老鼠，還有遙控器，交給了曉星。

那隻老鼠比普通老鼠大一些，渾身毛茸茸的，眼睛亮晶晶的，不細心看，還真像一隻活生生的老鼠。曉星把老鼠放在地上，然後打開遙控開關，老鼠迅速向孔少謙和袁雪跑去。

「哇，什麼東西？老鼠？媽呀！」幾下男女聲二重叫瞬間響起，接着見到一男一女沒命地跑。

「什麼事？」

「不知道啊？」

「那兩人是誰？」

「孔少謙，演楚家軍裏一名副將。那女的好像叫什麼雪，演小丫環的。」

「哇，老鼠，好大的老鼠！我們快跑！」

「不用跑，你沒看見那隻老鼠很奇怪，只是追那兩個人嗎？」

「啊，真的！哈哈哈，笑死人了！」

孔少謙和袁雪繼續尖叫、逃跑，尖叫、逃跑，他們心裏又委屈又鬱悶，這老鼠怎麼好像跟他們有仇似的，只認準了他們追。

只有曉晴和曉星知道是什麼回事，兩姐弟躲在樹後面，捂着肚子笑得差點斷氣。

「喂，玩夠了！小心騷擾了其他演員。」小嵐走過來，一把拿過遙控器，把那隻老鼠收了回來。

「嘻嘻，小嵐姐姐，我替你報仇了！」

小嵐想起孔少謙和袁雪的狼狽相也不覺好笑起來，敲了曉星腦袋一下：「壞小子，這樣的鬼主意都能想出來！」

孔少謙和袁雪終於脱難了，他們死也不明白，世界上怎麼會有這麼大的老鼠？這隻老鼠怎麼就賴上自己了？還有，跑着跑着牠又去了哪裏？從那天起，他們一進電視台就有心理陰影，那隻老鼠成了他們永遠的痛。

《丹心報國》劇集進入了緊張的拍攝中，進展順利，拍到二十集時，便準備開播了，餘下的二十集邊

播邊拍。

開播前一天，在電視台官網發布了消息，以及劇集主要演員的定妝照，頓時，官網論壇上鬧哄哄的。

「哇哇哇，台慶劇終於出台了！」

「男的帥女的美，眩花了眾戲迷的眼啊！」

「萬華哥哥的造型好威武啊！我最愛看他演戲了！」

「小楠姐姐的古裝扮相好美好溫柔！」

「天哪天哪，小楠姐姐原來還有武打戲，看她這張女將軍裝扮的劇照，簡直逆天啊！」

「小楠，你怎麼可以這樣帥這樣美！」

「我外婆賴上我了，要我替她申請加入『藍精靈』。啊啊啊，我們小楠姐姐的粉絲平均年齡越來越大了！」

「我哥哥和他一幫朋友也入了『藍精靈』，我們的粉絲隊伍男女比例越來越接近了。」

「最愛小楠姐姐！最愛萬華哥哥！」

……

小嵐的「迅傳」又多了不少粉絲。

《丹心報國》在晚上黃金時段播出了，由於萬華是綠桉國很受歡迎的男藝人，小嵐又是不管小朋友還是大朋友，抑或是老人家都喜愛的新人，所以第一集收視就有百分之五十，比小嵐她們的世界那部格格神劇只少了幾個百分點，算是很厲害的了。

連曉星演的精靈活潑小書僮也大受歡迎，喜歡他的粉絲們還成立了粉絲團。只是曉星知道了粉絲團名字後，就撅起嘴巴，一臉的鬱悶。

晚飯時，小嵐見曉星還在為粉絲團名字快快不樂的，便說：「喂，你幹嗎呢？這粉絲團的字挺好啊，『我愛星星』，不錯啊！」

「才不是呢！」曉星扁了扁嘴，說，「一看這名字就想起了動物園那隻欺負人的大猩猩。」

「啊？哈哈哈哈……」小嵐笑得把嘴裏的飯噴了出來。

第19章　海邊的戰鬥

在劇組全體人員的努力下，電視劇《丹心報國》終於拍攝完畢，只是精益求精的唐導演認為其中兩場在海邊拍攝的戲拍得不大理想，於是決定拉齊人馬去一百公里外的海邊，重新拍攝。

這兩場戲，一場是李嬈率領楚家軍抗擊侵略者，把大榕國軍隊一直趕大海邊，大榕國軍隊無路可逃，只好宣告投降。另一場是全面擊敗大榕國軍隊後，李嬈率領全軍在海邊焚香拜祭，告慰在這場保家衛國戰爭中犧牲的英烈們。

一大早，參與這兩場戲演出的演員就在電視台上車，準備去海邊拍攝有關鏡頭。除了小嵐外，曉晴和曉星都有戲分，所以他們一大早就坐着萬華的車去了電視台。

「萬華哥哥，你也去吧，雖然你的戲分已經完成了，但可以去海邊玩玩呀！要住在那裏拍好幾天呢，我們可以找時間去游泳，去看海上日出，多開心呀！」曉星拉着萬華的手不放。

萬華拍拍他的腦袋，說：「不行啊，我這兩天要拍廣告呢！」

曉星放了手，但仍然撅着嘴不高興。萬華用手捏捏他的鼻子，說：「好啦好啦，我一拍完廣告，就來探班，好不好。」

曉星這才咧開嘴笑：「好。一言為定！」

「一言為定！」

萬華安撫好曉星，便看向小嵐，剛想說什麼，卻聽到導演在那邊叫：「嘿，上車了上車了！抓緊時間，要不去到海邊就晚了，得抓緊在今天天黑前拍完第一場戲呢！趕快上車！」

「萬華哥哥再見！」

曉晴和曉星前頭跑了。

小嵐走了幾步，讓萬華叫住了：「小楠！」

小嵐停住腳步：「啊？」

萬華張了張嘴，好像想說什麼，但又吞回肚子裏了，他看着小嵐：「預祝拍攝順利。」

小嵐自信地說：「那是一定的！再見！」

車子在路上跑了一個多小時，才看到了那一望無際的大海。他們住宿的海悅大酒店就座落在海邊。

各人下車後，早一天已到來打點的場務就走過來，給各人分派房間鑰匙，以及拍攝時間安排表。

小嵐作為主演，分了一間單人房，而曉晴和曉星就只能跟別的演員住三人房了。

小嵐去到自己房間，雖然遠遠比不上以前在另一個世界以公主身分去旅行時住的酒店，但也算不錯了。是個套間，一房一廳，卧室有張可以睡幾個人的大牀。

還沒坐下，就聽到有人敲門，一打開原來是曉晴曉星。曉星不由分説就跑了進來，往客廳裏的沙發一躺，叫着：「好舒服啊！小嵐姐姐，這沙發歸我了！」

曉晴也自顧自跑進卧房：「小嵐，晚上借我半邊牀！」

小嵐睜大眼睛：「嘀，你們可一點不客氣啊！」

曉星嘻皮笑臉地説：「我們是老友兼死黨，有福同享嘛！」

剛安頓好，化妝師就來找小嵐化妝了，化完妝，服裝師又拿着戲中的女將軍服來給她穿上，頓時，一個颯爽英姿的女將軍便出現人們眼前。幾名劇組人員忍不住伸出大拇指把小嵐好一陣誇。

等曉晴和曉星也化好妝之後，時間也差不多了，於是三人便下樓去大堂集合，小嵐一路上又驚豔了許多人的眼球。

酒店離海邊不遠，走了不到十分鐘便去到拍戲的海灘，那時，兩國士兵相打的戲仍在拍攝中。

因打仗場面人數較多，加上看熱鬧的遊客，海灘上站了許多人，幸好選了一處偌大的海灘，唐導演又指揮得當，所以還能施展得開。

鏡頭前面，穿着綠桉國和大榕國士兵服飾的演員，正拿着刀劍你打我一下，我打你一下，別看都是很可笑的慢動作，經過後期加工後就會變成激烈的戰鬥了。

因為這些演員裏面除了幾個是正式藝人，多數都是些臨時請來的演員，沒什麼經驗，所以拍得似乎不大順利，導演一次又一次喊「停」。直到又過了大半個小時，才把那一組鏡頭拍好。

下一組鏡頭拍李嬈騎在馬上和敵方將領決戰，唐導演剛喊了聲「各方準備」，就有人牽來了一匹白馬，馬蹄得得地走到小嵐跟前。這時圍觀的遊客才知道小嵐是要騎真馬，都情不自禁發出「哇哇」的驚歎聲。

拍古裝劇一般都會有騎馬鏡頭，因為古代沒有汽車，也沒有火車飛機，所以一定要用馬來做交通工具，或者騎着打仗。觀眾在熒幕中看到演員演騎馬戲，都會羨慕他們的威風和瀟灑，其實行內人都知道，大部分演員都不會騎馬，有些膽子小的女藝人甚至連靠近馬也怕。

每當遇到這種情況時，就會出動劇組人員幫忙。可以用替身，用身材差不多的人穿上藝人衣飾，騎馬飛奔，遠遠看去是沒人發現調了包的；或者演員騎着馬模型，模型下面安了滑輪，讓人彎下腰在後面推着模型走；還有的乾脆來個「騎膊馬」，由力氣大的人馱着跑，而演員就手執韁繩，一手揮馬鞭，彷彿真的在趕馬。

人們都以為小嵐這樣一個十幾歲的文弱女孩，九成九是要尋求幫助了。沒想到，小嵐見到那白馬，便笑嘻嘻地上前，伸手輕輕撫摸牠的脖子，邊摸邊說：「真乖！」

而那白馬竟然也露出很喜歡很舒服的樣子，還用腦袋蹭蹭小嵐的手。人和馬相互溝通了一會兒，小嵐便一蹤身，無比瀟灑地上了馬，又「嘿」地喊了一聲，馬兒就「得得」地走起來了。弄得圍觀的人又是一陣驚歎。

其實小嵐早就會騎馬了。誰教她的？當然是萬卡啦！

開拍了，小嵐按着之前武術指導教的動作，跟敵將交起手來，一招一式，都無比帥氣，彷彿真的武藝高強一樣。

扮演敵將的就是武術指導，所以兩人配合得非常

真乖！

好，這麼難的打鬥戲，竟然一次就過了，樂得唐導演直朝小嵐豎大拇指。

由於小嵐的鏡頭拍攝順利，所以接下來的拍攝都提前了，本來這天預算要拍到太陽落山的，結果在四點多就完成了。全劇組皆大歡喜。演員們開開心心地回酒店洗去拍戲的汗水和辛苦，然後悠悠閒去餐廳吃晚飯了。

第二天拍攝的是部分戰鬥場面，還有海邊拜祭的戲。因為海邊拜祭那場人數眾多，每個鏡頭都NG多次才能完成。所以，拍好後已是傍晚時分。

想到明天只有兩組比較簡單的鏡頭要拍，然後全劇就可以真正「煞科」了，唐導演心情大好。見眾人都十分疲勞，便「開恩」第三天上午拍戲時間可以延遲到上午十點半才開始，各人喜歡睡懶覺的就睡懶覺，喜歡去海邊玩玩的就去玩玩。

大家都很開心，大呼「唐導萬歲」。

第 20 章　驚天大海嘯

這是劇組來海邊拍劇的第三天早上。因為拍完上午的兩組鏡頭，吃完午飯便會離開，所以劇組部分人一大早就去了海邊散步，拍照留念。這些人當中也包括了小嵐和曉晴曉星三個人。

因為海水退潮幾十米的緣故，海灘顯得比以往都要闊都要大。曉晴脫了鞋在海邊玩水、追浪，小嵐就拿着手機抓拍她各種動作。而曉星則跟沙灘上的小螃蟹鬧着玩，趁牠們在沙灘上橫行霸道時大力頓一下腳，嚇得牠們急急忙忙各回各家，各找各媽。

忽然聽到旁邊有人喊：「啊，快看，那是什麼？」

只見一個拖着孩子的阿姨，震驚地用手指向海面。小嵐順着阿姨的手望去，頓時大吃一驚——只見一道白色的、高達十幾二十米的水牆，正從海平線上向這邊海灘推進，水牆越來越大，越來越高。

沙灘上的人紛紛議論：

「這是什麼？好奇怪！」

「趕快用手機拍下，放上『訊傳』！」

小嵐突然想起之前看過一本描寫南亞海嘯的叫

《跨越生死的愛》的小說，記起裏面海嘯發生時的有關描寫，心裏大驚，不由得喊了起來：「海嘯，是海嘯！大家趕快離開海灘，往高的地方跑！」

「啊，海嘯！」

「天哪，真是海嘯，快逃！」

海灘上的人紛紛轉身，拼命跑了起來。

曉晴和曉星卻在望着那道水牆發呆，小嵐猛喝一聲：「走呀！」兩人才清醒過來，跟在小嵐後面跑了起來。

很不幸，他們所處的沙灘正是昨天拍戲的地方，灘面既闊又長，離高地足有千米遠，加上沙灘本身軟軟的跑不快，所以水牆到達時，除了部分人上了堤上高地，包括小嵐三人的大多數遊客都仍在沙灘上狂奔。

聽到身後傳來一陣又一陣驚叫，小嵐回頭一看，只見滿目白花花的，鋪天蓋地、劈頭劈腦而來。

水！小嵐腦子裏剛冒出這個字，便馬上受到了狠狠一擊，直接把她擊進了黑沉沉的深淵……她被捲進了水中。

無法控制身體，無法呼吸，她覺得自己快要窒息了。不行，我不能就這樣束手受死，我還要救曉晴曉星他們。

天下事難不倒的馬小嵐彷彿女超人附體了，她憋着氣，拼命踩着水往上浮，往上浮……

哇，一下新鮮的空氣直灌入嘴巴，灌入鼻子，灌入肺部，她終於游上水面了。雖然她仍然身不由己，被洶湧的海水沖得沉沉浮浮，但總算可以時不時吸一口新鮮空氣了。

小嵐努力控制着身體不被海水壓下去，一邊觀察四周。放眼過去全是海水，什麼堤岸、堤岸上的房屋，全都不見了，不知是自己被沖了很遠很遠，還是原先的堤岸已被淹沒。

「曉晴！曉星！」她驚慌地喊了起來，卻沒有人回答，她只覺得一顆心在往下墜，往下墜。

她第一次覺得這樣無助。她心裏不住地祈禱，老天爺爺，快幫幫我吧，我要找到曉晴，我要找到曉星！

突然，前方茫茫海水裏出現了兩個小黑點，是人，是兩個人！小嵐心裏一陣興奮。

那兩人在水面上一浮一沉的，似在掙扎，小嵐心裏一急，不知從哪裏來的力氣，竟然在兇猛的海水衝擊下仍把準方向朝那兩人游去。越來越近，越來越近，雖然看不清面目，但小嵐可以確定這兩人不是曉晴曉星，因為他們之間太熟悉了，即使是個輪廓，也

能認出。這兩人顯然不是他們。

雖然失望，但她仍快速游過去，她要向他們伸出援手。看得出來，這兩人之中那個女的顯然已經沒有力氣了，是被另一個男的拖着的。

「朋友，堅持住！」小嵐游到他們跟前，一隻手繼續划水，另一隻手抓住了那女的一隻胳膊。

那男的頓時感到負擔一輕，轉過臉來朝小嵐說：「謝謝！啊，是你！」

小嵐這才發現，這男的是孔少謙，而那被一頭長髮蒙住了大半邊臉的女子，竟是袁雪！

袁雪全身發軟，連話也說不完整：「程、程……謝……了……」

「別說話了，留着體力！」小嵐說完，就沒再說話，任由海水肆虐，兩眼搜索着海面，找人，也找能落腳的地方。

因為她知道自己也堅持不了多久了。身體的累，海水的冷，別說一個女孩子，就是鐵漢子也受不了。

就這樣，三個人在海水裏又漂浮了很久。忽然，小嵐看到了遠處有一個高出水面的像是建築物的東西，她不禁喊了起來：「快，盡量往那邊靠！」

也是萬幸，海水沖呀沖的，竟然把他們沖到了那建築物旁邊，孔少謙伸手一抓，抓住了那建築物的一角，三人總算在奔騰的海水裏穩住了身體。

那是一間平房的頂部，僅僅在水中露出了一米左右。這種房子跟小嵐他們地球的那種金字架房子很像，而且房頂也是用瓦片砌的。

真是救命的建築物啊！

小嵐顧不上高興，因為在急流中，他們隨時會被沖走。

「袁雪先上去！」小嵐說着，和孔少謙合力把袁雪往屋頂上推。

這房子飽受海水的衝擊，已經嚴重損毀，袁雪的每一下動作都會導致一些瓦片掉下，這令她膽戰心驚。加上那屋頂濕瀝瀝、滑溜溜的，袁雪用手抓了又抓，都沒能爬上去。她絕望地哭了起來：「我不行了，我上不去！」

小嵐大聲說：「袁雪，你可以的！加把勁，現在你只能自己幫自己了。」

袁雪不哭了，她狠狠地擦了一把淚，十隻手指緊緊扒着屋頂的邊緣，這時小嵐和孔少謙兩人一齊往上推，她自己又盡全身氣力雙手往上一使勁，終於上了屋頂。

小嵐鬆了一口氣，這時孔少謙對她說：「小楠，到你了，我推你上去！」

小嵐為了把袁雪推上屋頂，幾乎耗盡了所有力氣，她喘着氣，對孔少謙說：「你先上吧，上去以後，再拉我一把。」

孔少謙想想袁雪上去的艱難，便說：「好，那我先上。」

孔少謙到底比女孩子體力要好，他很快就爬上了屋頂。爬的過程中，屋子又掉了一些東西下來，真令人有點提心吊膽。

「來，小楠，把手給我！」孔少謙剛穩定住身體，便朝小嵐伸出手。

小嵐看了看屋子的外牆，把伸出去的手又縮了回來，她搖搖頭：「我不上去了。」

孔少謙和袁雪愣住了，異口同聲地：「啊，你說什麼？」

小嵐平靜地說：「我說我不上屋頂了，這屋子絕對承受不了三個人的重量。」

孔少謙圓睜雙眼：「這、這怎麼可以?!我可是一個男子漢啊！怎可以讓你一個女孩子留在危險的海裏。絕對不行！這樣好了，我下去，你上來。」

孔少謙說完，就想從房頂下來，誰知他一動，又掉下幾塊瓦片。

小嵐大聲制止說：「孔少謙，你別亂動！別爭了。我會游泳，不會有事的。你們在上面好好呆着，等到有人來救。再見了，好好活着。」

小嵐説完，便鬆開了抓着建築物的手。洶湧的海水一下子把她沖走了。

「小楠……」

「小楠，對不起……」

海面上，留下了孔少謙和袁雪的哭叫。

海面上，小嵐就像一個破布娃娃一樣，被瘋狂的海水拋來拋去，捲動着、蹂躪着，她只能盡量用最後的一絲力氣，最後的一點精神支撐着自己。

不，我不能死！

她想到了生命的精彩，想到了世界的美好。

她想到了自己的親生父母，他們被關在冰屋裏還等待自己去拯救；她想到了養父養母，他們十多年的養育之恩還沒報答；她想到了萬卡哥哥，想到了曉晴曉星……

但是，身體越來越不受支配，意識越來越模糊，生命彷彿也在悄悄離去。

美麗的女孩慢慢合上了雙眼。

第 21 章　災難之後

水退了，美麗的大海邊處處留下被海水肆虐過的痕跡。一棵棵婆娑的樹木枝葉凋零，一叢叢奼紫嫣紅的鮮花已沒了蹤影，一座座海邊別墅的牆上水跡斑駁……

滿目驚惶的人們，到處尋找自己的親人朋友，到處響着驚惶的呼叫聲。

唐導演和幾名《丹心報國》的劇組人員，默默無言地站在一片泥濘的海悅酒店門口，每個人臉上都布滿愁雲，每個人的心裏都異常沉重。

海嘯來時，海水衝入了酒店，淹沒了下面幾層，劇組沒出去的人員第一時間全部跑上了頂樓，所以逃過了一劫。而外出的人就在劫難逃了。

留在酒店逃過大難的人等水一退，就跑了出去，到處尋找失蹤的同事。十分幸運，他們在臨時救護站裏找回了四名劫後餘生的同事，而更令他們欣慰的是這些同事身體都沒有太大問題，都只是皮外傷，傷口已在救護站處理了。

這四個人裏面就有曉晴和曉星，水牆壓下來時，他們都沉下了水中，之後又被水沖走，但很幸運，他們很快被沖上一塊小高地。水退了之後，他們就被迅速趕到的救援人員接到了救護站。

曉晴手腳都有擦傷，好幾處都塗了藥水；曉星額頭破了，圍了好幾圈繃帶。當他們聽到小嵐還沒找到時，都急瘋了，兩人跑到海邊，一路找呀喊呀，邊喊邊哭。

一直到太陽落山了，他們擔心找不到回去的路，才轉回酒店，也好去看看小嵐有沒有回去。

回到酒店，見到原來站在酒店門口的人仍站在那裏，而去找人的同事都全回來了。曉晴和曉星見到人羣裏沒有小嵐，都要崩潰了，曉星拉拉這個人的手問：「小嵐姐姐回來了嗎？有沒有？有沒有？」

見到那人搖頭後，又拉拉另一個同事的手問：「有沒有找到小嵐姐姐，有沒有？」

全是搖頭。曉晴望望曉星，兩個人都傻了，眼淚大滴大滴地往下掉。氣氛沉重，大家都不知怎樣安慰他們才好。

曉星狠狠擦了一把眼淚，說：「我們趕快找萬華哥哥，請他幫忙找小嵐姐姐。」

唐導演說：「不用找了。萬總早已打過電話向我了解情況，他說馬上來這裏，應該快到了。」

唐導演話音剛落，就聽到一聲刺耳的煞車聲，一

小嵐……
小嵐姐姐……

部小轎車停在酒店門口，緊接着車門一開，萬華走下車來。

「萬華哥哥！」曉星撲了過去，摟住萬華，「萬華哥哥，小嵐姐姐不見了，找不到了。嗚嗚嗚嗚……」

萬華雙眉緊鎖，他低頭拍着曉星的肩膀，說：「別難過！小楠不會有事的，不會有事的。」

「萬總！」

「萬總您來了。」

唐導演一臉內疚：「萬總，現在還有六名同事失蹤。對不起，我沒照顧好劇組的同事。」

「天災人禍，這誰也沒法預料。這事不怪您。」萬華接着說，「我已打了電話給警察局的朋友，留意獲救人員，一有我們同事消息，就馬上通知我。」

正在這時，有個同事大喊起來：「快看，那不是孔少謙和袁雪嗎？」

大家一看，果然，不遠處孔少謙扶着袁雪，兩人一拐一拐地回來了。大家見了，紛紛上前攙扶他們，七嘴八舌地問他們有沒有受傷。

那兩個人好像聽不見別人的問候，他們瞪大眼睛，目光從一個個同事身上掃過，好像在尋找什麼。

「小楠呢？」

「小楠有沒有回來？」

袁雪一臉驚惶，話語帶着哭音。孔少謙就兩眼發直，聲音嘶啞。

曉星發現他們問得蹊蹺，便問：「難道你們曾經見過小嵐姐姐？」

「哇！小楠，小楠啊！」袁雪突然坐在地上，雙手掩面痛哭。

「怎麼回事？你們快說，說呀！」萬華也發現了他們有點不妥，急忙問。

「小楠她……」孔少謙哽噎了一下，說，「海嘯發生後，我們被水沖走，小雪不大會游泳，我只能一路拖着她，力氣快要用盡了，也快要沉下去了。幸好這時遇到了小楠，她主動伸出援手……」

孔少謙把怎樣碰到小嵐，怎樣被沖到露出水面的屋頂前，他和袁雪上了屋頂後，小嵐怕房子承受不了三個人的重量，怎樣犧牲自己，隨水而去。他們在房頂上堅持三個小時後，房屋終於經受不住倒塌了，幸好這時救護船隻來到，危急關頭救了他們……

所有人都陷入震驚中。這是一個怎樣高尚的女孩呀！大家都知道袁雪陷害小楠的事，也知道孔少謙為了女朋友一直在找機會打擊小楠，沒想到小楠會不計前嫌，在生命遭受威脅時，把生的希望留給了他們。

曉星突然衝到孔少謙跟前，邊哭邊用拳頭打他：

「你怎麼可以這樣？怎麼可以？你是男子漢啊，你不是應該保護女孩子的嗎？怎麼反過來要小嵐姐姐保護你！」

「對不起，對不起！你打吧，使勁打！是我不好，我對不起小楠！」孔少謙滿臉痛苦，任由曉星拳打腳踢。

袁雪這時也跑到曉晴面前，拉着她的手：「曉晴，你也來打我吧！我做了很多對不起小楠的事。考藝訓班時，我故意在她的飲品中下了瀉藥，想害她考試時失水準，沒想到陰差陽錯那飲品被我自己喝了，反而害了自己，但我卻告訴少謙是小楠下的藥，讓少謙恨她。還有，我冤枉她推我下樓梯，我拍戲故意失手打她巴掌，我故意說錯台詞讓她一直泡在水裏……我太對不起她了。嗚嗚嗚……」

孔少謙震驚地看向袁雪：「袁雪，你、你說的是真的？你原來一直在騙我！天哪，我做了些什麼呀，我一直針對小楠，一直對她惡言惡語……」

萬華臉色鐵青地看着孔少謙和袁雪，拳頭捏得緊緊的，一副想打人的樣子。好不容易壓下衝動，他長出了一口氣，拉住曉星說：「別難過，我相信小楠會沒事的。這樣好的女孩，捨己救人，品德高尚，老天爺怎麼捨得讓她死。」

他又對唐導演說：「大家都累了，唐導帶劇組的同事先走吧，我留在這裏處理善後，相信失蹤同事如果沒事，一定會先回到這裏。」

曉星說：「萬華哥哥，我不走，我也要留在這裏等小嵐姐姐的消息！」

曉晴也說：「我也不走，我也要留下。」

萬華點點頭，說：「好，你們倆就留下來協助我吧！」

劇組的人在萬華的一再催促下都心情沉重地走了，萬華對曉晴曉星說：「咱們再到各個救護站去，看看能不能打聽到小楠的消息。」

「嗯。」萬華來了，曉晴曉星有了主心骨，乖乖地跟在他後面。

前面不遠就有一個救護站，那是一個臨時搭建的大帳篷。三人走了進去，見到裏面放了兩排擔架牀，每張牀上都躺着人。有的包着頭，有的包着腳，還有的手上纏滿綳帶。另外還有輕傷的，都坐在椅子上，讓救護員給他們消毒傷口。

曉晴曉星繞了一圈，沒發現小嵐。萬華聽説重傷人員都已經送到醫院了，便找了負責的一名官員，查詢送院名單中有沒有程小楠。那名官員查了一下，搖搖頭說：「沒有這個名字。」

三個人失望地離開了，又滿懷希望地走向了另一個救護站。

一個，兩個，三個，一連走了五個救護站，都沒有小嵐的消息，他們帶着越來越沉重的心情，繼續尋找。

忽然，萬華的手機響了起來，他趕緊拿出來。一看來電顯示：「啊，是我警局的朋友打來的，可能有小楠的消息！」

「啊，快聽快聽！」曉晴曉星異口同聲地喊着。

萬華趕緊接聽：「喂！覺民嗎？啊，在哪裏？好，好，我馬上去！」

萬華關上電話，激動地說：「好消息，小楠找到了！」

「噢噢噢……」曉晴曉星高興得一人拉住萬華一隻手，又是叫又是跳的。

萬華忙說：「好了好了，別光顧着叫，我們馬上出發吧。小嵐在仁愛醫院。」

「好啊好啊！出發囉，去找小嵐姐姐囉！」曉星高興得停不下來，繼續蹦着，跟在萬華後面去取車。

第 22 章　小嵐變成植物人

去仁愛醫院的路滿是泥濘，只能慢慢開，不巧又遇上許多裝着救援物資的車輛，不時塞車，所以用了差不多兩個多小時才到達目的地。

進了醫院，三個人便跑去詢問處，一問，果然問到程小楠的名字，原來她在急症病房。他們又急急找到急症病房，沒想到卻被護士站的人告知未到探病時間。

曉星聽了急得撓耳搔腮的：「護士姐姐，我們是病人最好最好的朋友，我們很擔心她的情況，都急死了，能讓我們進去看看嗎？看一眼也行。」

「是呀是呀，讓我們進去看看吧！求求你們！」曉晴苦苦請求，見到護士搖頭，她又說，「或者你告訴我們病人的情況也行，她沒事吧？什麼時候可以出院？」

護士說：「對不起，這點我真的沒辦法回答你。有關病人的情況，只有主診醫生清楚，也只有主診醫生才可以跟家屬說。」

「小楠！小楠！」突然，有個小護士急急忙忙地跑來，一臉的驚慌，她跑到護士站，雙手趴在櫃台，氣喘吁吁地問，「程小楠在哪個房間？」

護士指了指裏面走廊：「在第三觀察室。」

曉星剛想開口，要求小護士帶他一起進去，但那小護士「嗖」一下就跑得沒影了。

三個人面面相覷，心裏都挺奇怪的，這小護士怎麼會認識小嵐？

過了十幾分鐘，那小護士出來了，邊走邊低頭擦眼淚：「天哪，這麼好的女孩，怎麼就這樣倒楣，遇到海嘯呢！」

曉星這回一定不放過她了，他一手拉住小護士的胳膊：「姐姐，你認識小嵐姐姐嗎？小嵐姐姐現在怎樣了？」

「我是徐文婷，是小楠的好朋友。」

小護士擦完眼睛，把紙巾往垃圾箱一扔，然後抬起眼睛，一看到面前的三個人，嘴巴馬上張得大大的：「你是……哦，《丹心報國》裏的那個小書僮！你，你是扮演李嬈閨蜜的女孩！啊，萬華，你是萬華！」

曉星說：「姐姐，我們都是小嵐姐姐的好朋友。快告訴我，小嵐姐姐現在怎樣了？」

徐文婷說：「我剛才進去，只看見她躺在牀上，好像睡着了。」

曉晴說：「姐姐，你能帶我們進去看看小嵐嗎？」

徐文婷說：「不好意思，不行啊！醫院的規矩不能違反的。」

萬華說：「護士小姐，能通融一下嗎？我們都很着急，很想馬上知道小楠的情況。」

「啊，萬華跟我說話了！」徐文婷眼裏「劈里啪啦」飛出一堆粉紅心心，但對小嵐的關心很快蓋過了她追星的熱情，她又憂心忡忡地說，「唉，我也想知道小楠的情況啊！我剛才打聽過，小楠的主診醫生朱教授在樓上手術區，十五分鐘後他有一個手術，沒幾個小時出不來。」

「幾個小時……」好漫長啊！

萬華對徐文婷說：「不是還有十五分鐘嗎？能不能……」

徐文婷看看手錶，咬咬牙：「好，豁出去了！我帶你們上去見朱教授。跟我來。」

徐文婷帶着萬華三人，走職員通道上了手術區的樓層。走到寫着朱政教授名牌的辦公室門口，她推開門探進頭去：「朱教授！」

「是文婷啊，什麼事？」

「不好意思，程小楠的家屬來了，他們很着急想知道小楠的情況，能不能……」

「家屬的心情我理解，好吧，還有十幾分鐘，請他們進來。」

「謝謝朱教授！」徐文婷把門推開，把萬華三人讓進辦公室。

這時徐文婷放在口袋裏的手機突然響了起來，她拿出來接聽：「好，好的，我馬上來！」

她對萬華說：「同事找我了，不好意思，我得馬上回去。朱教授，謝謝您！」

徐文婷急急忙忙走了。

「請坐！」朱教授年約五六十歲，慈眉善目的，他招呼萬華幾個人坐下，然後打開了手裏的一份病案。

「作為家屬，你們要有思想準備。程小楠的情況不樂觀。她因為在水裏窒息時間過長，對大腦造成了影響。她被救後一直處在昏迷狀態，至今沒醒。」

「啊！」曉晴和曉星驚叫起來。

萬華臉色大變，他焦急地問：「她會醒過來的吧？會不會？會不會？」

朱教授看了看萬華，說：「我不想騙你們。根據病人大腦受損程度，她有九成以上的可能從此變成植物人。」

「天哪，不要，不要！」曉晴哭了。

「我不要小嵐姐姐變成植物人！」曉星也哭了。

萬華呆若木雞，腦子裏一片混亂。

朱教授要去手術室了，萬華帶着曉晴曉星回到樓下等候室。曉晴和曉星抱頭哭泣，萬華心亂如麻。

不知過了多長時間，好心的護士來叫他們：「探病時間到了，你們可以進去看程小楠了。順着走廊走，右手邊第三間。」

小嵐躺在雪白的病牀上，那樣的美麗，那樣的安靜，就像睡着了一樣。

曉星幾乎是撲到小嵐身上：「小嵐姐姐，你起來呀，起來呀！」

曉晴就拉着小嵐的手邊哭邊說：「小嵐，你怎可以成為植物人呢？我們還要一起上學，一起旅行，一起穿越時空……」

萬華站在一邊，呆呆地看着小嵐美麗而蒼白的臉，心裏在吶喊：「小楠，你怎麼可以一睡不起！你知道我喜歡你嗎？那天分別的時候，我本來想跟你説的，可惜我當時沒勇氣。小楠，我還有機會跟你説嗎？……」

曉星也哭着說：「小嵐姐姐，你不可以這樣睡下去呀！我們還要找萬卡哥哥，我們還要回烏莎努爾。

小嵐姐姐，你快起來吧！我們一起回去，萬卡哥哥繼續做他的國王，你繼續當你的公主……」

「國王？公主？」曉星的話飄進了萬華耳朵裏，他不禁一怔。腦子裏有如電光一閃，出現了星星點點畫面，他想抓住但又一閃而過了。

曉晴哭得越來越傷心：「小嵐，你不能就樣認輸啊！你是天下事難不倒的馬小嵐啊，是小福星啊，你怎可以讓海嘯給打倒呢？……」

「馬小嵐？」萬華腦子裏又是一陣電光閃過，這名字為什麼這樣熟悉？萬華用手抱着頭，覺得一陣陣的刺痛。

「我們多説一些以前的事給小嵐姐姐聽吧，聽説這樣能刺激病人醒來。」曉星擦擦眼淚，望着小嵐的臉，「小嵐姐姐，記得我們和萬卡哥哥在一起的開心日子嗎？那時我們還在香港，萬卡哥哥護送我們去海洋公園『恐龍洞怪獸大混戰』的遊戲攤位玩射擊，萬卡哥哥十槍全中目標，為我們贏了那個『勁爆超強００８型機動戰士九號』；還有，你記不記得有一次我們坐直升飛機，沒想到有壞人給駕駛員下了藥，駕駛員昏倒了，是萬卡哥哥冒着生命危險，爬出機艙外，進入駕駛室，駕駛直升機安全着陸……」

「在海洋公園的遊戲攤位玩射擊，坐直升機遇

險……」萬華腦海裏不斷閃過一些畫面。

「到我說了，曉星你休息一下。」曉晴抽了幾下鼻子，說，「小嵐，你記不記得不久前蔚藍星球的壞蛋小綠人入侵烏莎努爾，萬卡哥哥英勇地和敵人作戰，趕跑了黑太狼，自己卻得了致命的輻射病？你記不記得我們帶着萬卡哥哥去了蘋果星球，你獨自一人衝破重重封鎖拿到救命藥，救了萬卡哥哥……」

「蔚藍星球？黑太狼？輻射病？找救命藥？」萬華腦海裏電光火石般想到了許多事情，他突然大喊一聲，「啊……我……我……」

「萬華哥哥，你怎麼啦？」曉晴和曉星嚇呆了，愣愣地看着萬華。

萬華猛地撲向小嵐：「小嵐，小嵐，我是萬卡，我就是你苦苦找尋的萬卡哥哥啊！」

淚水大滴大滴落到小嵐手上。

「原來你真是萬卡哥哥！」曉晴和曉星一把摟住萬卡，哭得稀里嘩啦的，親愛的萬卡哥哥終於回來了。

他們根本不想去探究萬華哥哥怎麼突然又變回萬卡哥哥了，也許在他們心目中，萬華哥哥一直就是萬卡哥哥。或者說，他是萬卡哥哥才是最正常不過的事，不用問為什麼。

第 23 章　穿越再穿越

萬卡戀戀不捨地把眼光從小嵐臉上移開，他對曉晴和曉星說：「來，我們坐下來好好商量一下，我們怎樣才能救小嵐性命。」

「要是時空器能用就好了，我們可以像之前救萬卡哥哥那樣，穿越時空去醫學更發達的年代，讓那裏的醫生救小嵐姐姐。」曉星洩氣地從口袋裏拿出時空器，「來這裏時，掉地上摔壞了，按了開關也沒顯示呢！」

「讓我看看！」萬卡拿過時空器，在上面的按鈕揿了一會兒，大皺眉頭。

曉晴和曉星眼巴巴地看着萬卡操作，很希望他能創造奇跡，啟動時空器。

擺弄了好一會兒，萬卡搖了搖頭，眼神黯然說：「不行，還是沒法啟動。」

「啊……」曉晴和曉星苦着臉看着萬卡。連天才的萬卡哥哥都沒辦法，那太糟了！

萬卡想了想，又說：「不過我不會放棄的。這樣吧，你們留在這裏，我回家一趟，找些工具看看能不能把時空器修好。」

「好好好，萬卡哥哥你趕快回去修時空器。」曉星點着頭。

「萬卡哥哥，你一定要修好啊！」曉晴雙手合十，眼裏滿是祈求。

萬卡點了點頭，又看了小嵐一眼，替她掖掖被子，然後走出了病房。

萬卡剛走不久，就來了一羣探望小嵐的人，唐導演、寧燕俠、楊洛希、朱欣、孔少謙、袁雪等等，一行十多人。其中還有一位曉晴他們沒見過的人，孔少謙的爸爸孔導演。

因為怕人多把細菌帶進病房，所以護士沒讓他們進去，只許他們站在病房外面，隔着那扇大玻璃看望小嵐。

人們都一臉的擔憂。唐導演問曉晴曉星：「小楠情況怎樣了？」

曉晴抹着眼淚說：「醫生說，小嵐的情況不樂觀。她因為在水裏窒息時間過長，對大腦造成了影響。所以被救後一直處在昏迷狀態，至今沒醒。」

「啊！」在場的人都忍不住小聲驚呼。

「她能好起來嗎？」一直沒出聲的孔導演滿臉陰雲、眉頭緊鎖。

曉星哇一聲哭了起來：「醫生伯伯說，小嵐姐姐有九成以上的可能從此變成植物人。」

「啊，不要，不要！」袁雪整個人趴在玻璃上，痛哭失聲，「小楠，小楠呀！」

孔少謙抱着頭，挨着牆緩緩坐到了地上。在所有人當中，他是最痛苦內疚的一個，因為他和袁雪的命，是用小嵐的命換回來的啊！而且，正如曉星所說，他是個男孩子，他本來應該好好保護小嵐的，但現在卻是小嵐保護了他。如果小嵐真有什麼三長兩短，那他會一輩子都痛苦和內疚。

孔導演狠狠地瞪了兒子一眼。來之前，孔少謙就向父親講了在海嘯中發生的事，還坦白了之前和袁雪怎樣整程小楠。孔導演聽了暴跳如雷，拿起一隻羽毛球拍就向兒子打去，要不是孔少謙的媽媽攔着，孔少謙肯定頭破血流。

這時，孔導演拉着曉晴曉星的手，說：「我知道小楠是個孤兒，你們就是她最親近的人。我要代我兒子向小楠道歉，向你們道歉。請你們原諒。」

曉星擦着眼淚說：「伯伯，這不關你事。而且，道歉也沒法讓小嵐姐姐好起來。」

曉晴看了看一直痛哭的袁雪，還有坐在地上失魂落魄的孔少謙，歎了口氣說：「孔導演，你們也不要再內疚了。小嵐的為人我最清楚，我認識她這麼多

年，救人、幫人的事，她都不知道做了多少回了。不計前嫌，犧牲自己去救孔少謙和袁雪，這正是小嵐會做的事。孔少謙也不必過分自責。只是，作為袁雪，作為孔少謙，應該好好地反省自己，以後做個光明正大的人。我想，這也是小嵐所希望的。」

「嗚嗚，小楠，對不起。我以後一定會做個好人，不再用那些骯髒的小心思去博上位。」袁雪的眼淚把衣服都打濕了。

孔少謙狠狠地捶了腦袋幾下，他後悔死了。他一直相信袁雪的話，以為自己女朋友真是被程小楠欺負了，直到之前袁雪說出真相，才知道自己一直在傷害無辜。而這個被傷害的女孩，原來是這樣一位品格高尚的人。

來探病的人都被深深感動了，心裏都在默默祈求這個漂亮善良的女孩快點好起來。

這時萬卡回來了。曉晴和曉星一見到他，就大聲問：「萬卡哥哥，修好沒有？」

萬卡興奮地點點頭。

「啊，真的！」曉晴曉星都一臉激動。

唐導演問：「萬總，修好什麼了？」

「修好……」萬卡想了想，說，「哦，是修好了一樣能幫助小嵐的儀器。」

「啊，真的！」

「那太好了！」

「那小楠是有救了嗎？」

萬總笑着點點頭。

在場的同事都鬆了口氣，真是好消息啊！袁雪激動得直朝萬卡喊：「謝謝萬總！謝謝萬總！」

萬卡說：「謝謝大家關心小嵐。大家先回去吧，小嵐會好起來的。」

唐導演點點頭說：「萬總，小楠就交給你了。如果有好消息，請務必通知一聲。」

萬卡說：「好的。」

探病的同事剛離開，曉星就迫不及待地抓住萬卡的手：「萬卡哥哥，真的修好了？萬卡哥哥，你好棒啊！」

萬卡笑着從口袋裏拿出時空器，交到曉星手裏。曉星急忙去按開關，那上面的小燈便隨即亮了起來。

「燈亮了燈亮了，時空器真的可以用了。」曉星笑得嘴巴快裂到耳朵根了。

曉晴臉上笑着，眼裏卻禁不住又流起淚來，那是高興的淚啊！

曉星問：「我們選擇去哪一年好呢？」

萬卡說：「回到去年吧！」

曉晴有點迷惘：「回到去年，幹嗎回到去年？」

曉星說：「姐姐，你好笨啊！去年還沒有海嘯，也就沒有小嵐姐姐昏迷這回事，所以回到去年，就等於改變了小嵐姐姐昏迷這件事了！」

曉晴恍然大悟：「啊，對對對，就回去年！」

萬卡走到病牀前，抱起小嵐，對曉星說：「啟動時空器吧！」

「是！」曉星激動極了。

他「嘟嘟嘟嘟」地在時空器上按着要去的年份，接着習慣地想輸入目的地，沒想到，還是像上次那樣，無法設定。

萬卡說：「不要緊，先回到去年，救了小嵐再說。」

「好！」曉星大聲應道，又說，「準備好，我按啟動了！」

萬卡和曉晴朝曉星點點頭，曉星咬咬嘴唇，把啟動掣一按，頓時，時空器發出眩目的光，形成了一個藍色的旋渦，把病房裏的四個人捲了進去……

不知過了多久，某地方某個藍色海洋岸邊，有一團藍色的光團從天空掉下，直插入海水中。

「撲通！撲通！撲通！……」

激起千層浪，驚飛無數水鳥。

很快，藍色海水裏冒出四個腦袋：

「哇，嚇死寶寶啦！」

「嗚，幸虧我會游泳！」

「萬卡哥哥，小嵐姐姐呢？」

「在這裏，我抱着呢！她沒事。我們趕快游回海灘。」

這四個人是誰，不用問，當然是萬卡、小嵐、曉晴和曉星了。他們穿越時空來到這裏，從半空中掉進了大海。

四個人走上海灘。不，準確地說，是萬卡和曉晴曉星走上海灘，小嵐是被萬卡抱在手裏的。

走到一塊巨大、平坦的礁石跟前，萬卡輕輕把小嵐放下。小嵐張開眼睛，有點迷糊地看看周圍環境，又看看面前的三個人：「我們這是在哪裏？曉晴曉星，你們也被海水沖走了？萬華哥哥，你不是在電視台拍廣告嗎？海水竟然把你捲到這裏來了？」

萬卡拉着小嵐的手，激動得嘴唇顫抖着，卻說不出話來。

「小嵐姐姐，太好了，你不再是植物人了！」曉星高興得只顧傻笑。

「小嵐！嗚嗚……」曉晴喜極而泣。

小嵐眨眨眼睛，有點糊塗。

這是哪裏？

「小嵐姐姐，你知不知道，你可把我們都嚇壞了……」

曉星把小嵐被人從海裏救起後的一切事情，一五一十說了。

「原來是這樣。」小嵐恍然大悟。

萬卡輕輕替她撥走搭下來的一縷頭髮，說：「小嵐，謝謝你醒來。我們可以好好地、一個也不少的回烏莎努爾了。」

「回烏莎努爾？難道你、你是……」小嵐突然睜大了眼睛，驚喜地看着萬卡。

萬卡激動地點頭：「是的，我是萬卡。」

曉星說：「小嵐姐姐，萬華哥哥就是萬卡哥哥，他已經想起過去的事了。」

「真的？!」小嵐一把抓住萬卡的手，眼裏閃着淚花，「萬卡哥哥，以後再也不許你失憶，不許你忘了我們！」

「是的，長官！」萬卡朝小嵐行了一個標準的軍人禮。引得大家哈哈大笑起來。

萬卡的輻射病好了，小嵐也不是植物人了，所有的問題都解決了，真是皆大歡喜。大家心情好極了，覺得天是多麼藍，海是多麼美，連風都有點香。

雖然很多問題他們想不通。萬卡怎麼會成了萬

華？小嵐為什麼會變成了程小楠？真正的萬華和真正的程小楠去哪兒了？

不過，他們也不想多去傷腦筋了，反正這些年他們遇到的怪事還少嗎？

現在該是想想怎麼回家了。

不過他們首先要弄清楚，這是什麼地方？是仍在那個有着蘋果星球和荔枝星球的平行宇宙？還是又去了另一個平行宇宙？

那個有穿越時空功能的時空器，在回到過去時，能準確設定時間地點，但去未來時，卻只能設定時間，這導致他們已在無法選擇的情況下，去了兩個古怪的星球。茫茫星際，不知有多少未知的宇宙世界，這樣的話，他們要穿越多少回，才能幸運地回到地球啊！

萬卡捏捏拳頭：「我們不怕，人在就好。大不了來個星際大旅行，到各個宇宙世界走走，這是很多人都想不來的呢！」

「嗯！」小嵐微笑着望向萬卡。

「嗯！嗯！」這是曉晴的「嗯」。

「嗯！嗯！嗯！」這是曉星的「嗯」。

四個人心情大好，他們快樂地走向有人的地方。得打聽一下這是哪個宇宙哪個國家哪個地方……